U1017009

食笺

苏眉／著

古吴轩出版社

图书在版编目（CIP）数据

食笺 / 苏眉著. -- 苏州 : 古吴轩出版社, 2022.7
ISBN 978-7-5546-1962-9

Ⅰ. ①食… Ⅱ. ①苏… Ⅲ. ①散文集－中国－当代
Ⅳ. ①I267

中国版本图书馆CIP数据核字（2022）第092163号

花笺绘制：陈如冬
书　　法：陶文瑜
篆　　刻：宋　咏
摄　　影：毛世奇
责任编辑：李　倩
见习编辑：沈　玥
装帧设计：韩桂丽　李　璇
责任校对：黄菲菲

书　　名：食　笺
著　　者：苏　眉
出版发行：古吴轩出版社
地址：苏州市八达街118号苏州新闻大厦30F
电话：0512-65233679　　邮编：215123
印　　刷：苏州市越洋印刷有限公司
开　　本：787×1092　1/24
印　　张：12
字　　数：94千字
版　　次：2022年7月第1版　第1次印刷
书　　号：ISBN 978-7-5546-1962-9
定　　价：88.00元

如有印装质量问题，请与印刷厂联系。0512-68180628

本书花笺由陈如冬先生绘制

目录

東坡當時一沉吟天高雲淡
傳到今
今晚承也寫寒食
祇輸年代不輸人

暗香

古词人“暗香盈袖”一说，美妙不可方物。暗香，多指梅花，出自宋朝诗人林逋《山园小梅·其一》：“疏影横斜水清浅，暗香浮动月黄昏。”若入茶调羹，也不知是哪位仙人可以享用的。《养小录》里载了一款“暗香汤”的做法：腊月早梅，清晨摘半开花朵，连蒂入瓷瓶。每一两，用炒盐一两撒入，勿用手抄。箬叶、厚纸密封。入夏取开，先置蜜少许于盏内，加花三四朵，滚水注入，花开如生。充茶，香甚可爱。日本人的“桜茶”，即樱花茶，也是用盐制，清水泡开，亦是娇艳淡雅，宛然若生，想来用的也是这个方子。还有做成粥的：落梅瓣，以绵包之，煮粥时，候粥熟下花，再一滚。名字就叫“暗香粥”。有朋友以梅花入茶焙制，香气殊胜，名字起得意境悠远，曰“香如故”，又一盏旧岁梦影。

方物

张大千喜食，做菜与绘画一样行云流水；王世襄、唐鲁孙当然是吃家；周作人看不起《随园食单》，认为俗，也写了不少咏食的名篇；鲁迅与郁达夫是真诚的饭友；孔子不说他，食不厌精，天下皆知；李渔，喜食笋和菌菇，最爱的肉食则是蟹。张岱坦称自己是“吃货”，留《方物》一文验明正身：“越中清馋，无过余者，喜啖方物。北京则苹婆果、黄鼠、马牙松；山东则羊肚菜、秋白梨、文官果、甜子；福建则福橘、福橘饼、牛皮糖、红腐乳；江西则青根、丰城脯；山西则天花菜；苏州则带骨鲍螺、山查丁、山查糕、松子糖、白圆、橄榄脯；嘉兴则马交鱼脯、陶庄黄雀；

南京则套樱桃、桃门枣、地栗团、窝笋团、山查糖；杭州则西瓜、鸡豆子、花下藕、韭芽、元笋、塘栖蜜橘；萧山则杨梅、莼菜、鸠鸟、青鲫、方柿；诸暨则香狸、樱桃、虎栗；嵊则蕨粉、细榧、龙游糖；临海则枕头瓜；台州则瓦楞蚶、江瑶柱；浦江则火肉；东阳则南枣；山阴则破塘笋、谢橘、独山菱、河蟹、三江屯蛏、白蛤、江鱼、鲥鱼、里河鰦。远则岁致之，近则月致之、日致之。耽耽逐逐，日为口腹谋，罪孽固重。但由今思之，四方兵燹，寸寸割裂，钱塘衣带水，犹不敢轻渡，则向之传食四方，不可不谓之福德也。”

暖粥

《浮生六记》里，三白初识芸娘，但见满室鲜衣，唯芸通体素淡，有一种缠绵之态。待送亲城外，夜已深，三白腹中饥饿，索食，婢妪给了他枣脯，因太甜而无法进食。芸暗牵其袖，引他入内室，原来她藏了暖粥与清淡小菜给他。三白欣然举箸，不想被堂兄玉衡撞见，玉衡乃笑睨芸曰："顷我索粥，汝曰'尽矣'，乃藏此专待汝婿耶？"遂被家人传为笑谈，芸、白大窘。一对美眷却也因此心下暗结情谊。

芸饮食清淡，董小宛也一样，也许天下的美人皆喜清粥小菜。下录一款风雅粥食，以馈美人，当然，怀美之心者，也该是欢喜的。

木香粥：木香花片，入甘草汤灼过，煮粥

熟时入花，再一滚。清芳之至，真仙供也。

袁枚就受不得饭粥粗粝，哪怕诸菜尚可，也是“五脏神暴落难”，禁受不得。他对粥食的要求很高，称见水不见米，非粥也；见米不见水，非粥也；必使水米融洽，柔腻如一，而后谓之粥。尹文端公曰：“宁人等粥，毋粥等人。”他的吃口，比起美人粥，多了些人间烟火气。周作人说袁枚是富人家的厨子，是有些道理的。袁枚提到过一味“鸡豆粥”，较为简单，就是将鸡豆磨碎煮粥，鸡豆“鲜者最佳，陈者亦可。加山药、茯苓尤妙”。鸡豆，也许就是鸡头米，即芡实。又提了一款“鸡粥”，做法较为烦琐：取“肥母鸡一只，用刀将两脯肉去皮细刮，或用刨刀亦可；只可刮刨，不可斩，斩之便不腻矣；再用余鸡熬汤下之。吃时加细米粉、火腿屑、松子肉，共敲碎放汤内。起锅时放葱、姜，浇鸡油，或去渣，或存渣滓，俱可。宜于老人。大概斩碎者去渣，刮刨者不去渣”。

和王熙凤那味用十几只鸡来配的腌茄子有得一拼。

艳遇

在古籍上看过一款“梅花汤饼”，其实就是将面饼用模子印出梅花状，入汤烧制而成。也有将玉兰花瓣裹了面粉入油锅炸的，想来状若龙虾片，至于味道，也许像日本的天妇罗吧。这是老北京们的吃法。以花木入馔，早有古风，如今还可以看到食槐花、茉莉花的，已成小众了。有日在南京火车站，竟然吃到一客茉莉花炒蛋。茉莉花事先腌制过，其形依旧，味道则有点像爽口的泡菜，咸鲜适口；鸡蛋炒得金黄焦香。枯燥旅行中的艳遇，这辈子忘不掉。比较风雅的吃法是，厚白蜜涂碗中心，每早晚摘茉莉另盛在一个碗里，用蜜碗盖上，午间取碗注汤，则茉莉花的香气，都留存其间了。这是民间的一个老方子。古人对于美的理解力、想象力以及执行力，令我钦羡。

江南可采莲，莲叶何田田。鱼戏莲叶间。
鱼戏莲叶东，鱼戏莲叶西，鱼戏莲叶南，鱼戏莲叶北。

梅

青梅酒、樱桃酒，一个淡绿，一个粉红，像顾城的诗。有年在平江路买过一款腌渍青梅，长筒玻璃瓶，瓶身卷一张丰子恺的画当包装，味道竟然也不差，微甜之中带酸涩，酱汁清冽。后来再想买，却再也寻不到了。经常买的是一款梅饼，价格不菲，然做得精细，紧实薄削的一枚，梅肉软塌、绵实，酸爽之中有本真的甜味，佐茶增色，而不会像有些蜜饯那样，有一种劣质的甜腻，拙劣的献媚，令人扫兴。

年少时候去三山岛，看到大量的青梅被平铺在地上晾晒，也没有任何不洁的感觉。这种果子有点像山口百惠，演村妇和贵族小姐都有清新之感，实在是天性使然。

梅子熟时栀子香，梅子老尽樱桃熟，都是可入画的。

每到初夏时候，就能看到青梅装在竹篮里，如一幅老画。梅子长相讨喜，滋味也好，入画、入食皆是好味道。古人有万般制梅的方法，梅花半开时收藏，或蜜渍，或点茶，或蒸露，或熬粥，均妙。以绿萼梅为佳。梅子亦可入药，舒肝解郁，清火祛痘。古人善咏梅，食谱里用得也多，几乎可以和花露媲美的，就是“梅卤”。《养小录》记：“腌青梅卤汁至妙，凡糖制各果，入汁少许，则果不坏，而色鲜不退。代醋拌蔬，更佳。”《醒园录》提及一腌青梅法：“青梅买来，即用石灰加水潮湿，手搓翻一遍。隔宿，将水添满，泡一天尝看，酸涩之味去有七八为度。如未，当再换薄灰水再泡，洗净捞起，铺开晾风，略干就好（不可太干以致皱缩）。每梅十斤，配盐七八两，先拌腌一宿，然后用冰糖清灌下令满，隔三四天倾出，煎滚加些白糖，候冷，仍灌下，隔十天八天，再倾再煎，才可装贮罐内，庶可久存不坏。如日久或雨后发霉，即当再煎为要。甜姜法同。”这样做出来的梅子，卤可调味，梅子可入菜与肉食同煮，使肉肥而不腻，清甜可爱。

《吴氏中馈录》中有款“红盐豆”，主料就是盐霜梅：“先将盐霜梅一个安在锅底下，淘净大粒青豆盖梅。又在豆中作一窝，下盐在内。用苏木煎水，入白矾些少，沿锅四边浇下，平豆为度。用火烧干，豆熟，盐又不泛而红。”也有做“蒜梅”的，《遵生八笺》记：“青硬梅子二斤，大蒜一斤，或囊剥净，炒盐三两，酌量水煎汤，停冷浸之。候五十日后，卤水将变色，倾出，再煎其水，停冷浸之，入瓶。至七月后食，梅无酸味，蒜无荤气也。”佛教称蒜、葱等辛辣物为大荤，主要还是因为它们本身气味浓重，有不洁之感，有梅子的加持，蒜便“无荤气”了。

莲

《汉乐府》里有咏莲诗：“江南可采莲，莲叶何田田。鱼戏莲叶间。鱼戏莲叶东，鱼戏莲叶西，鱼戏莲叶南，鱼戏莲叶北。”名字起得好，叫《江南》。诗人素来自谦，只道“江南无所有”，这种低眉，是无问西东之外的相忘于江湖。

将玉兰花炸食，是北京一带寻常的吃法，很多名家都记载过，后来看到苏州古籍里也有记载。炸玉兰素来是春令常见素馔，想来日本天妇罗也没有这般风雅的。以槐花、桂花、梅花和面、入粥的也不鲜见。樱花更是寻常食材，除了泡茶，很多点心里都有，再加之海棠露、玫瑰醋，不胜枚举。但将莲花做吃食的，倒不多见，不知道是滋味使然还是有焚琴烹鹤之嫌。至多拿朵莲花托底，衬款糕点，或者在茶席之上放朵花苞。倒是今年夏天，在在水一方大酒店荷花宴里吃过一款炸莲花瓣，处理得十分精妙：保持了花瓣原有形状，只敷以薄薄面粉，高温炸了，食之，口感松脆之外，有花瓣本身的绵软韧劲，估计之前也将花瓣调过味，佐以藕饼，咸甜适口，令人难忘。

莲花入馔的，大多作为点缀，莲花茶、莲子茶、莲叶茶较多；再有就是各色做法的藕了，藕粉、藕夹、藕饼、莲藕炖汤，寻常菜什普通人都能掰几个手指头数出来。倒是有款莲花醋，还算清奇，具体做法是这样的："白面一斤，莲花三朵捣细，水和成团，用纸包裹，挂于当风处，一月后取出。以糙米一斗，水浸一宿，蒸熟，用水一斗酿之，用纸七层密封定，每层写七日字，过七日揭去一层。至四十九日，然后开封，笃出煎数沸，收之。如二糟有味，用瀼水再酿，尽有日用。忌生水、湿器收贮。"

酪

我在唐鲁孙的书里多次看到老北京人喝酪，以为酪是满人融入汉族生活以后才有的，后来看到扬之水、孟晖女史写种种酪，才晓得中国人吃乳品自古就有。至今对唐代一味糖酪浇樱桃念念不忘，很想穿越，一尝究竟。唐宋人吃糖酪浇樱桃十分讲究。白居易获赐樱桃，作诗云："手擘才离核，匙抄半是津。"这也从侧面解释了糖酪浇樱桃的做法：将樱桃刨开、去核，盛在华美器皿中，浇上乳酪、蔗浆，用小匙舀食。唐代传奇文学的代表作品，裴铏所著《昆仑奴》，对于"酪浇樱桃"的制法、食法亦有描写："以金瓯贮含桃而擘之，沃以甘酪而进。"就是将樱桃放在黄金做的食器里，浇上有甜味的奶酪。据文载，主人还让美貌家妓用香勺喂食客人甜点，亦成就了一段唐代传奇爱情。“香浮乳酪玻璃碗，年年醉里尝新惯。”这是辛弃疾写的，那时候已经是宋朝，估计这个吃法一直保留了下来。虽然词中未提及樱桃，但题目叫《菩萨蛮·坐中赋樱桃》，估计就是指糖酪浇樱桃这种甜品。同时，这道甜点还要经过冰镇。古人吃冰的历史也是极其久远的，宋人曾觌《浣溪沙·樱桃》有词句咏此事云：“金盘乳酪齿流冰。”元人迺贤在《宫词八首次契公远正字韵》中也称咏“上苑含桃熟暮春”“醍醐渍透冰浆滑”。梁启超著书曰《饮冰室全集》，是否也是探幽古风，以明今朝？

樱桃佐以奶酪、蔗糖这种食法，最早的记载大概是在三国时代。魏文帝时期，钟繇书信中提到赏赐“甘酪及樱桃”。直到唐宋，这种习惯依旧保留，如宋人刘筠便有诗句“内苑朱樱兼酪赐”，这是说天子赏赐臣僚以樱桃、乳酪。梅尧臣则收到了友人赠送的“酪及樱桃”，特意作诗以志其事。据史书记载，东汉灵帝喜好胡服、胡饭、胡乐，京都贵戚竞相效仿。酥、酪等乳制品，或许正是作为“胡饭”的一类，在汉末胡风胡俗流行之下，被中原贵族初步接受的。北魏贾思勰《齐民要术》载：“三月末，四月初，牛羊饱草，便可作酪，以收其利，至八月末止。”其他季节，“天寒草枯”，牛羊羸瘦，产奶不多，不能大量地造酪。三月末，四月初，正是暮春、初夏，也就是樱桃成熟的时节。每年，新酪的制作正与樱桃的成熟同时。宋代诗人陆游有诗句云：“蜡樱桃与酪同时。”梅尧臣则曾作诗云：“昨日酪将熟，今朝樱可餐。”古时樱桃树生长很是普遍，樱桃是常见果品，樱桃加酪的吃法大行其道。

《齐民要术》记载有“甜酪”“酢酪”和“干酪”，其制法与现代殊途同归。北朝、唐宋时代提到“酪”“乳酪”，通常都是指甜酪，而非干酪。在吃樱桃的时候，就可以将半凝固的乳酪像浇卤一样，浇沃到鲜红的樱桃上。唐人因循北朝风俗，《太平广记》引五代人王定保撰《唐摭言》，记载了这样一则轶事：“唐时新进士尤重樱桃宴。乾符四年，刘邺第三子覃及第……覃潜遣人厚以金帛，预购数十树矣。于是独置是宴，大会公卿。时京国樱桃初出，虽贵达未适口，而覃山积铺席，复和以糖、酪，用享人蛮献一小盘，亦不啻数升，以至参御辈，靡不沾足。”唐人对于糖酪浇樱桃的喜欢，可见一斑。

再说牛乳的制法，除去《齐民要术》里那样的基本制作，在很多古食谱里还有妙法。明代才子张岱，竟然对此也很有心得，特地作文：“乳酪自驵侩为之，气味已失，再无佳理。余自豢一牛，夜取乳置盆盎，比晓，乳花簇起尺许，用铜铛煮之，瀹兰雪汁，乳斤和汁四瓯，百沸之。玉液珠胶，雪腴霜腻，吹气胜兰，沁入肺腑，自是天供。”文中，他提到牛乳要用铜锅煮，在吃法上，也是五花八门：或掺花露蒸食，风雅美妙；或加豆粉做成类似酸奶的冷冻食品，“或煎酥，或作皮，或缚饼，或酒凝，或盐腌，或醋捉，无不佳妙”。张岱文中所说的“作皮”，其实就是制乳皮法，李化楠在《醒园录》里有详实记载：“将乳装入钵内，安滚水中烫滚，用扇打之，令面上结皮，取起。再扇再取，令尽。弃其清乳不用，将皮再下滚水，置火中煎化，下好茶卤一大杯，加芝麻、胡桃仁，各研极细，筛过调匀，吃了甚好。若要咸，加盐卤少许。若将乳皮单吃，补益之功更大。”

很多西部文学、欧美儿童小说，也提及奶酪，比如制作奶酪的时候，孩童对于乳清味道好奇，也有大人将即将制成的硬乳酪残片给孩子吃的，据说嚼来吱吱作响。我童年时候读到，很是神往。《醒园录》里提到过一款乳饼，制法比较靠近那些小说的描写，具体做法是这样的："初次，用乳一盏，配好米醋半盏，和匀，放滚水中烫热，用手捏之，自然成饼。二次，将成饼原水，只下乳一盏，不用加醋。三、四次，各加米醋少许，原水不可丢弃。后仿此。其乳饼若要咸些，仍留原汁，加盐少许亦可；或将乳、醋各另盛一碗，置滚水中，预先烫热，然后量乳一杯，和醋少许捏之成饼。二、三次时，乳中之汁，若剩至太多，即当倾去，只留少许。"

《醒园录》里也提到的乳皮的吃法，更像是明代以前流行的混搭吃茶法了：在茶卤里加乳皮、芝麻、胡桃仁，制成一杯古代特有的"乳茶"。现代人喜好的奶茶，经常是鲜奶加红茶、水果，也有加龟苓膏、红豆等作料的，一般都放大量的糖，并不会有古代茶汤里经常出现的姜、盐等调味品，但相对还算比较健康。市面上还有大量的奶茶只是有奶味的调制品，里面的珍珠，也是不易被消化的胶质物，长期食用，很是令人担忧。在饮食方面，古人倒是向来以养生为重，古籍里的一款乳蛋也是极为滋补的。《红楼梦》里王熙凤身体欠佳，喝的是牛奶粥，估计这种加了鸡蛋的牛乳，贾府里应该也不会缺。具体做法是，用牛乳三盏——如酒盏、茶盏，配鸡蛋一枚、胡桃仁一枚，研极细末，冰糖少许亦研末，和匀，蒸熟食之。有很强的滋补功效，甚至还可以添加药用功能，比如有老人或虚燥者，可以在乳蛋中加老姜汁一茶匙，可平咳消痰，滋味也不差。这和流传至今的姜汁撞奶很像，至今在福建一带经常可以吃到，有些生意好的店在苏州也开了分店，味道和当地的也无二致，连碗筷、装饰都是一样的，令人感动。青瓷大碗里放了新鲜牛乳与姜汁，上置一同款盖碟，上来的时候服务员会告诉你等候几分钟，待到揭盖时候，牛乳凝冻成酪，和辛辣的姜汁搭配形成一种糯软刺激的奇特口感。我每次去都会点上一碗。

唐鲁孙在写及北京的酪的时候，也提及具体做法，据他讲，现在是再没有吃到过那么好吃的酪了。

菰

古人称茭白为“菰”，这是很有意思的，是否孤独的滋味大多纯粹而清香，就连颜色也洁白？《随园食单》里有一味做法是这样的：切整段，酱醋炙之，尤佳。这是极其清简的做法，苏州人的饭桌上也常见，类油焖茭白。有次看到陈立教授的美食专访，除去姜粉调制的“陈立咖啡”，令人印象深刻的还有他做的油焖茭白。之前铺陈一段跟拍，讲他如何在菜场挑选上好的肥嫩的茭白，这是一个重点，否则无法吃出那种孤独之味。

在一次苏帮菜的美食宴上，有过一种令人耳目一新的吃法：茭白切丝，切得极细，清水烫煮，单蘸上好的虾子酱油，甘美、清甜、缠绵。

这是苏帮菜里暗香流动的声色婉转，亦是苏州生活的精魂。粉墙黛瓦内里，悉心经营之后的随意、低调、不动声色，你一叠声地叫好，她只莞尔一笑，嫌你聒噪。

当然，这是臆想中的苏州了。若没人间烟火、家长里短，风雅不过是卷轴上一抹苍白的祥云。

苏州有童谣，每个孩子都会唱：康铃康铃马来哉，隔壁大姐转来哉。啥个小菜？茭白炒虾，田鸡踏杀老鸦。

茭白炒虾，百姓常做的，虾也不要太大，在这里是搭搭鲜味，只是做陪衬的。此外还有茭白炒毛豆、茭白炒雪里蕻。

其实我们吃的部分，是一种病态产物。菰的茎部感染黑穗菌之后，味道十分鲜美；而健康部分结出的穗，叫菰米，是当时的主食。三千多年前，中国人就很喜欢吃这种植物，它被列为王室食用的“六谷”（稻、黍、稷、粱、麦、菰）之一。

李白曾有“跪进雕胡饭，月光明素盘”之诗句。郭沫若是这样解释“跪进雕胡饭”的：古人席地而坐，坐取跪的形式。打盘脚坐叫“胡坐”，是外来的坐法。客人既跪坐，故进饭的女主人也采取“跪进”的方式。（见《李白与杜甫》）其实，所谓“雕胡”，就是菰；“雕胡饭”，就是菰米饭。《西京杂记》说：“菰之有米者，长安人谓之雕胡。”宋玉《讽赋》云：“主人之女……为臣炊雕胡之饭，烹露葵之羹。”在唐代，雕胡饭是招待上客的食品，传说中的菰米煮饭，甜香糯软，可口可心，深得贵族和文人喜爱。唐代许多诗人都曾作诗歌颂它，杜甫有作“滑忆雕胡饭，香闻锦带羹”，王维也有写“郧国稻苗秀，楚人菰米肥”，不一而足。

汉唐时期，菰米一直是重要粮食。汉代词赋家枚乘，把菰米饭列为九种“至味”之一。但自从发现不结穗的菰味道鲜美后，农民纷纷转而种根茎，像种土豆一样把一部分染菌的茎留在田里，这样来年长出的还是膨大的茭白。而能结穗的菰，反而会被农民摘除。于是它渐渐有了自己特有的生态，肥美、皎洁、沉默，长在低处。至于野生的菰，由于宋代之后南方人口剧增，大片湿地被开发为耕田，它们的生存空间锐减，再加上气候变冷，就变得很罕见。

宋代之后，菰米逐渐没落。北宋苏颂的《本草图经》称，“至秋结实，乃雕胡米也。古人以为美馔，今饥岁，人犹采以当粮”。由于看重它们的根茎，而它们的根茎浓密交错，后人便称呼这种植物为“茭”，不同的地区还有称它们为茭白、茭瓜、茭笋等。虽然没有穗，没有种子，但它们和水稻是切切实实的近亲；虽然两者样貌大相径庭，但都是寻常人家餐桌上可亲可爱的饭食。茭白有多种做法：茭白炒肉丝、茭白炒毛豆、茭白炒百叶、油焖茭白、茭白肉丝蛋汤……也有创新的餐厅，精选口感上好的茭白，只嫩嫩地用清水煮了，插在冰盘上，持而嚼之，甘美清甜。一定要是茭白中的上品才可以做得这样任性，据说苏州东山有产。有饭店将嫩茭白雕成白兰花，花萼用青葱束之，栩栩如生，真假难辨。也有将茭白雕成毛笔尖的，和真毛笔一般模样悬在笔架之上，一桌文人宴，吃得人轻声细语，正襟危坐，一席终了，终究没人忍心将那毛笔尖一口吞掉。

鸭

春江水暖，若水上无鸭，会少不少野趣，犹如一幅没有月亮的对酌图；而餐桌上无鸭，许多人会了无生趣。慈禧嗜鸭，几乎顿顿有鸭菜，这在《御香缥缈录》中有记载。于右任早年患消渴症（糖尿病），食用芡实炖老鸭数年，病症全消，且终生面色红润。

清人徐珂的《清稗类钞》记载：“袁慰亭内阁世凯喜食填鸭，而豢此填鸭之法，则日以鹿茸捣屑，与高粱调和而饲之。”李渔《闲情偶寄》记：“禽属之善养生者，雄鸭是也。……诸禽尚雌，而鸭独尚雄；诸禽贵幼，而鸭独贵长。”有道是：“烂蒸老雄鸭，功效比参芪。”

清代养生专家王士雄在《随息居饮食谱》中说，鸭肉能“滋五脏之阴，清虚劳之热，补血行水，养胃生津。止嗽息惊，消螺蛳积”。

袁枚对于鸭子的吃法如数家珍，比如将“野鸭切厚片，秋油郁过，用两片雪梨夹住炮炒之”。他也提到苏州制鸭方法众多，其中数苏州包道台家制法最精，如今已失传。其中一法，是将“生肥鸭去骨，用糯米一酒杯，火腿丁、大头菜丁、香蕈、笋丁、秋油、酒、小磨麻油、葱花，俱灌鸭肚内，外用鸡汤放盘中，隔水蒸透”，有点像现在的八宝鸭。

还有一款叫“鸭糊涂”的，“用肥鸭白煮八分熟，冷定去骨，拆成天然不方不圆之块，下原汤内煨，加盐三钱、酒半斤、捶碎山药同下锅做纤，临煨烂时，再加姜末、香蕈、葱花。如要浓汤，加放粉纤。以芋代山药亦妙”。卤鸭的做法倒是无甚特别，除了加作料，就是不用水，用酒煮鸭，去骨。也做鸭脯，用肥鸭斩大方块，用酒半斤、秋油一杯、笋、香蕈、葱花焖之，收卤起锅。有款叫“野鸭团”的，也是精致有味：“细斩野鸭胸前肉，加猪油微纤，调揉成团，入鸡汤滚之。或用本鸭汤亦佳。”

最后一款名曰“徐鸭”的，制作起来较为烦琐——选取“顶大鲜鸭一只，用百花酒十二两、青盐一两二钱、滚水一汤碗，冲化去渣沫，再兑冷水七饭碗，鲜姜四厚片，约重一两，同入大瓦盖钵内，用皮纸封固口，用大火笼烧透大炭吉三元（约二文一个）；外用套包一个，将火笼罩定，不可令其走气。约早点时炖起，至晚方好”。这个做法的秘诀是，要有足够的耐心，欲速则不达。“其炭吉烧透后，不宜更换瓦钵，亦不宜预先开看。鸭破开时，将清水洗后，用洁净无浆布拭干入钵。”味道定然是不差的，否则对不起这样烦琐的做法。

如今在苏州，最流行的是烤鸭，酱鸭也常见，是老派人物餐桌上的一味压轴菜。圆融时代广场的一家餐厅有味黑椒烧鸭，很出色，鸭肉的甜度和酱香度恰到好处，鸭皮酥脆有度，卤汤可拌饭，加一份青菜心，可以吃得十分过瘾。只是此鸭不能凉吃，凉则风味全无。

虾

于茶之外，我们还有些许可以安慰人生的东西。

虾子白鱼，我是爱的，就像在真正心仪的女孩面前，花花公子会放下各种花架子，只剩下一味老实，如果那老实里面透着不老实，也是情不自禁的缘故，太津津有味于某样东西或是某个人，都会显得甜腻而做作。夏天饮食清寡，餐桌上能有这两味优质蛋白，不辞长做苏州人。热天辰光，下厨总归要比平日辛苦，所以饭食简约。黄瓜切片凉拌，撒些葱花；糖腌番茄；新鲜白鱼略加处理，清洗干净，直接放在饭锅上清蒸；再做个盐水虾，就是一餐不错的午餐。制作过程如此清凉，一点油烟也无，也不至于败了酷暑里娇弱的胃口。几个小菜摆上桌子也好看，黄瓜碧碧绿，番茄胭脂红，刚出蒸屉的白鱼雪白。那虾更是俏，身子团得紧实，豆蔻红里窝一汪淡紫，饱满的虾子，油汪汪的，真是艳。

这时候就可以从一餐简单的饭食里吃出人生的曼妙滋味来。

虾和白鱼都是以鲜为上的。夏天的虾肉质弹韧，很有嚼头；白鱼则细嫩，甚至带着点羞的，如六月绵软的新娘，简直叫人欲罢不能。一碗虾，半条半大白鱼，一餐饭可轻松解决。母亲与我都觉得安慰，她为我吃得好而高兴，我为不用发胖而窃喜，各自欢喜。

除了盐水虾，还有油爆虾、水晶虾、葱油虾、白灼虾等诸多做法。我若去饭店，一般点的都是盐水虾，除去它鲜甜的滋味不说，还基于一个简单的常理：要做好一盘盐水虾，首先是虾要只只活，否则出菜时虾肉松散、颜色暗淡，客人一吃就知道饭店在用死虾浑水摸鱼，所以店家只能保质保量，别无取巧之法。这也是苏帮菜的一个普世之道：唯有真材实料，才做得出上好滋味。

白鱼的吃法，清蒸、红烧皆宜。我偏爱将新鲜的白鱼清蒸，上面撒若干青葱姜丝，丰腴肥美，咸鲜适口，佐一碗白米饭、一盘鸡毛青菜，就是一顿好餐。也有人喜欢将白鱼用盐腌制过后清蒸，味道根据时间的长短各不相同：时间越长，则鱼肉越紧致，但是同时也会损耗一定的鲜味；若是把握得当，也会有惊艳之作。除了运气，主要还是靠经验，饭食的微妙与引人入胜处皆在此。

袁枚也认为白鱼肉最细嫩。在《随园食单》中，他介绍了一款现代人已经不大用的方法，就是加酒酿糟两日，但是“不可太久，久则肉木矣”。其中，又以与糟鲥鱼同蒸最佳。对于虾的吃法，除去虾饼和醉虾，有几款炒虾，在现在的苏州人看来，也是颇感新奇的：虾与韭菜同炒，这在苏州乡下的餐桌上偶尔还能看到；加冬腌芥菜炒，则不多见；还有就是将虾尾拍扁后单炒，估计是为了更加入味，也是闻所未闻的。

此次受邀去新聚丰吃虾子宴，就吃到好几个“惊艳”。食单用细细的小楷抄了，分发给众人：包子盐水虾、新风三虾、虾子白鱼、茭白蹄筋、三虾豆腐、虾子白切肉、芙蓉银鱼、上汤时蔬、五福砂锅、点心两道、三虾两面黄、水果。所有菜品都与虾有关，或缀以鲜虾，或撒上虾子、虾黄，件件让人称赞。其中一味盐水虾，虽然是朴质到极点的做法，无非水滚投虾，再佐以清盐，但是此虾做得咸清甜韧，味道较之一般的家常味，胜出许多。本想讨教这其中微妙口感的妙诀，然席上还有一档央视美食栏目在拍摄，于是默默存在心里，等到合适时机再行讨教。

为准备这虾子宴，新聚丰的老板颇费了点心思。他亲自去觅新鲜食材，其中就包括一条重达十斤的白鱼——这个重量，实属罕见。菜单，是苏州美食界的泰斗华永根先生亲拟的。苏帮菜夏宴的“华山论剑”，菜品道道出彩，众人皆赞叹不已，其中虾与白鱼使人难忘，恰似才子佳人花园相会，一曲唱罢，余音绕梁。

虾子白鱼做了三道：虾子熏白鱼、虾子清蒸白鱼、虾子红烧白鱼。

熏鱼是苏州人喜爱的开胃凉菜，做成面

浇头也是好的，一般都用十几斤的青鱼做。青鱼像是鱼类中的鲁智深，粗实中有一股蛮劲，倒也有味，只是经不住细细品赏，一般都加了佐菜红烧，要不就是油炸后制成熏鱼；若现炸趁热吃，喷香松爽，很杀念。一般传统的做法是鲜鱼高温油炸后再和卤汁同煮，放入葱、姜，出来的时候浓油赤酱，这时候任凭“鲁智深”如何粗陋，苏州味道已经把他打扮成一个像样的新官人了。

白鱼做成熏鱼是不多见的，尤其是上好的白鱼，有点像名媛穿了旗袍去吃大排档，非但名媛没掉价，连大排档也变成了情调。白鱼熏制时火候得当，味也调得好，酥嫩甜香，再加上粒粒饱满的、脆香的虾子，袁枚要是吃到了，一定会毫不犹豫写进他的《随园食单》。

第二道虾子清蒸白鱼，白鱼事先腌制过，盐控制得极好，并未腌木掉，咸味也恰好。鱼肉因为腌制的缘故，多了一点韧劲，加之清蒸时铺了一层厚厚的虾子与虾黄，使得它的滋味脱离了平时白鱼家常的口感，咸鲜之味，令人难忘，有点像邻家姑娘穿上了武当山的道袍，仙风道骨下是家长里短的规规矩矩，实在是新奇。

第三道虾子红烧白鱼，照样加入大量的虾子与虾黄，与白鱼同煮，酥烂、醇熟、丰腴，是一辈子夫妻做到头的死心塌地。它的美味已经没有任何悬念，虽然已经接近饭宴的尾声，但每个人还是毫不犹豫地举起了筷子。

吃虾子宴时，也恰是端午时分。《清嘉录》里记录了古人夏季的生活场景："瓶供蜀葵、石榴、蒲蓬等物，妇女簪艾叶、榴花……人家各有宴会，庆赏端阳。"人们还可以不用工作，入酒肆饭铺共饮欢度，所以这个节日又名"白赏节"。我总是怀念过去的时光，就如美食过口，它的滋味就成了一等一的唯一唯美了。而且过去的时光还给人一种闲适之感，因为不可再得，所以我们就可以有千百种理由去怀念、宠爱它。

茶

吃茶去，某种程度上，已经成为一种精神符号。明清时候苏州已有清饮法，用“喝”来形容才是妥帖的，在这之前，吃茶就是吃茶。

关于茶事，早在西汉末年王褒所著的《僮约》中就有所提及：“烹茶尽具”“武阳买茶”。《晏子春秋》亦有道：“婴相齐景公时，食脱粟之饭，炙三戈、五卵、茗菜而已。”这里的茗菜，就是用茶叶制成的菜肴。在台湾，看到有卖肉骨茶的，还有擂茶，和我们现在的清饮不大一样，其实就是从古延续下来的原生态茶食——用生姜、生米、新鲜茶叶制成，又名“三生汤”。除此之外，根据原料的不同，还有“五味汤”“七宝茶”等，具体制法是将茶叶、芝麻放入特制的石钵或陶钵中，以茶子木或山楂木做杵，持续擂之，再将用水浸泡过的黄豆、绿豆、花生、米等谷物加入其中，加入适量凉开水，用力擂碎，直至谷料成为白色浆糊状物，称作“擂茶脚子”。冬天加热开水冲饮，夏天则加入白糖，用凉白开调匀，据说可解暑、消食、润肺，可延年益寿。现在去很多地方旅游，还可以见到这种茶的遗迹。也有将擂茶脚子用沸水冲泡或者入锅烹煮的，谓之“茗粥”，据说北宋苏东坡也喜欢吃。此外，还有“姜盐豆子茶”“芝麻豆子茶”等，在南方，这些茶流行至今。

茶最早是药，接下来用作食物，最后才成为一种饮品，所以在清泡法出现以前，有着形形色色和食物结合的存在。《醒园录》有记“芝麻茶法”，操作不是很难，和“网红”焦糖奶茶的做法略有相同，不过作料有变：“先将芝麻去皮，炒香磨细，先取一酒杯下碗，入盐少许，用筷子顺手打至稠。硬不开，再下盐水顺打至稀稠，约有半碗多；然后用红茶熬酽，俟略温，调入半碗，可作四碗吃之。”还有一种极简易的：“用牛乳隔水炖二三滚，取起，凉冷结皮，将皮揭尽，配碗和芝麻茶吃。”

古法里又有一种叫“千里茶”的，倒不是酒香不怕巷子深的寓意，而是指每用一丸，可走千里之程不渴，有点药用的效果了。具体做法是，取“白砂糖四两、白茯苓三两、薄荷叶四两、甘草一两，共为细末，炼蜜为丸，如枣子大”。从形态来看，便于携带，适合旅途。书中未提到具体的饮用方法。枣子大小一枚，不知是含服还是冲泡，估计两相宜。

还有一种用杏仁浆法做茶吃的形式：先将杏仁泡水，去皮尖，与白米饭对配，磨浆坠水，加糖炖熟，做茶吃之，甚为润肺。另一种方式，则是用杏仁磨浆加糖，“米用三分之一，用臼捣烂，布滤”，做熟了直接喝。这和《随园食单》里的杏酪如出一辙：捶杏仁作浆，去渣，拌米粉，加紧糖熬之。

明清是茶饮的关键转折期。先从明代说起，那时最好的茶是虎丘茶，古籍上形容其茶汤如牛乳，有婴儿肌肤香，制法路数和煎泡手法与现在也有所不同。董小宛和冒辟疆迷恋岕茶。从记载来看,岕茶汤色特征和虎丘茶略有相似。有个姓柯的苏州人,每年都会送十几种岕茶给冒辟疆。后来冒辟疆和顾子兼、金平叔交好,每年的精妙上品,就由他们提供。那时吃茶也是用“烹”,而非“泡”。冒辟疆在回忆录里亦描述了董小宛烹茶的场景:“文火细烟,小鼎长泉,必手自吹涤。余每诵左思《娇女诗》‘吹嘘对鼎䥶’之句,姬为解颐。至‘沸乳看蟹目鱼鳞,传瓷选月魂云魄’,尤为精绝。每花前月下,静试对尝,碧沉香泛,真如木兰沾露,瑶草临波,备极卢陆之致。东坡云:‘分无玉碗捧蛾眉。’”

这种手法,和如今只投茶注水的冲泡法是大不一样的。而在同一时期的明代山东一带,《金瓶梅》所描绘的市井生活里,吃茶又是另一番情景,用“万物皆可入茶”来形容亦不为过,是实实在在的“吃”茶。郑培凯先生在他的研究性书籍里,对这些天马行空的泡茶方式都做了列举和诠释,择而引之:

胡桃松子泡茶(第三回):把胡桃肉、松子和茶放在一起冲泡,古代素来有此吃法。

福仁泡茶（第七回）：福仁，当指福建的经过加工的橄榄，俗称“福果”。福果仁可以泡茶，见于明顾元庆《茶谱·择果》。

蜜饯金橙子泡茶（第七回）：金橙子，又称“广柑”“广橘”，主要产于两广。《广群芳谱》云：“（橙）可蜜煎，可糖制为橙丁，可合汤待宾客，可解宿酒速醒。”蜜饯金橙子泡茶当指蜜渍橙丁掺入茶中；另一说，金橙子指金柑。

盐笋芝麻木樨泡茶（第十二回）：盐笋应是盐笋干。茶中放盐，在唐、宋两朝较为风行，明代仍有此俗。明张萱《耀疑》云：“有友人尝为余言，楚之长沙诸郡，今茶犹用盐、姜，乃为敬客，岂亦古人遗俗耶？”芝麻入茶，很多地方都有此吃法。《玉麈新谭·芝麻通鉴》云：“吴俗，好用芝麻点茶。”木樨（桂花）点茶，见于《清稗类钞》。

果仁泡茶（第十三回）：果仁指杏仁、瓜仁、橄榄仁之类。明高濂《遵生八笺》：“茶有真香，有佳味，有正色。……所宜核桃、榛子、瓜仁、杏仁、榄仁、栗子、鸡头、银杏之类，或可用也。”

梅桂泼卤瓜仁泡茶（第十五回）：梅花、桂花、玫瑰入茶，古有此法。顾元庆《茶谱》云："木樨、茉莉、玫瑰、蔷薇、兰蕙、橘花、栀子、木香、梅花，皆可作茶。诸花开时，摘其半含半放蕊之香气全者，量其茶叶多少，摘花为茶。花多则太香而脱茶韵，花少则不香而不尽美。三停茶叶一停花，始称。"此处"梅桂泼卤"，疑指玫瑰酱之类的玫瑰制品。瓜仁，即瓜子仁。

榛松泡茶（第三十一回）：榛，即榛子，形似小栗，味亦如栗子；另有一种榛子，味如胡桃，主要产于辽东山谷。松，即松子。榛松可以泡茶，也见于《茶谱·择果》。

咸樱桃泡茶（第五十四回）：咸樱桃当指盐渍的樱桃，其味咸酸。以咸樱桃入茶，也属于点茶用盐一类。

木樨青豆泡茶（第三十五回）：青豆是剥出来的毛豆或蚕豆，咸味。《清稗类钞·茗饮时食盐姜莱菔》："长沙茶肆，凡饮茶者既入座，茶博士即以小碟置盐姜、莱菔各一二片以饷客。……又有以盐姜、豆子、芝麻置于中者，曰芝麻豆子茶。"

木樨芝麻熏笋泡茶（第三十四回）：笋干泡茶，见于《茶谱·择果》。此处“熏笋”，当指经过烟熏的笋干片。

瓜仁、栗丝、盐笋、芝麻、玫瑰泡茶（第六十八回）：栗丝是栗子切成丝。玫瑰泡茶，又见于《清稗类钞·以花点茶》：“花点茶之法，以锡瓶置茗，杂花其中，隔水煮之。一沸即起，令干。将此点茶，则皆作花香。梅、兰、桂、菊、莲、茉莉、玫瑰、蔷薇、木樨、橘诸花皆可。”《清稗类钞·玫瑰花点茶》则云：“玫瑰花点茶者，取未化之燥石灰，研碎铺坛底，隔以两层竹纸，置花于纸，封固。俟花间湿气尽收，极燥，取出花，置于净坛，以点茶，香色绝美。”

土豆泡茶（第七十三回）：此处的“土豆”是指土芋。《广群芳谱》引《本草》曰：“土芋一名土豆，一名土卵，一名黄独。蔓生，叶如豆根，圆如卵，肉白皮黄，可灰汁煮食，亦可蒸食，解诸药毒，生研水服，吐出恶物。”土豆泡茶，未见著录。但《茶谱》中载，山药、莒蒿可以泡茶，那么土豆也可以泡茶当是题中应有之义。

芫荽芝麻茶（第七十五回）：芫荽，俗

称香菜。茎叶做蔬菜，生熟俱可食，气香令人口爽。芫荽入茶，未见前人记载，但葱、姜、薄荷入茶，则见陆羽《茶经》。

姜茶（第七十一回）：根据小说描写，此处的姜茶，似指姜片熬煎后放入红糖的姜汤，是冬天御寒的饮料。一说用姜片和茶叶一起熬煎，叫作姜茶。《东坡志林·用姜》："唐人煎茶用姜，故薛能诗云：'盐损添常戒，姜宜煮更夸。'据此，则又有用盐者矣。近世有用此二物者，辄大笑之。然茶之中等者，若用姜煎，信佳也。盐则不可。"煎茶用姜的习惯，实际上在明、清两朝仍在某些地方流行。

泼卤、六安雀舌芽茶（第七十二回）：明代人饮茶固有在茶中掺入花片、果品、果仁、蜜饯、笋、豆等杂物的习惯，但此处罗列十余种食物投入茶中，成为一盏大杂烩，这恐怕是夸张游戏之笔。"栗系"系"栗丝"之误；"春不老"是一种咸菜，即雪里蕻；"海青"似指青橄榄；"拿天鹅"似指白果。

除了以上任性的泡法，《金瓶梅》里亦出现了清泡法，比如第二十一回就有吴月娘教小玉泡茶的场景："教小玉拿着茶罐，亲自扫雪，烹江南凤团雀舌芽茶。"这和《红楼梦》里妙玉的做派略有相似。雀舌诞于北宋，《红楼梦》里也有提及，留存至今，只是制法已有不同。在明代，多用作贡品。《茶疏》云："江南之茶，唐人首称阳羡，宋人最重建州；于今贡茶，两地独多。"茶的饮用方法，在《金瓶梅》所记的时代，一般都以冲泡为主，如第二回，王婆自称开茶坊，"卖了一个泡茶"；但有时候也烹煮。直到清代初期，才只泡不烹。刘献廷在《广阳杂记》中说："古时之茶，曰煮，曰烹，曰煎，须汤如蟹眼，茶味方中。今之茶惟用沸汤投之，稍着火即色黄而味涩，不中饮矣。乃知古今之法亦自不同也。"《金瓶梅》正写于烹煮法向冲泡法转换的过渡时期。

除去将食物和茶叶同泡，再有就是佐茶的茶食，这自古便有之。明代小说《清平山堂话本·快嘴李翠莲记》中写道："此茶唤作阿婆茶，……两个初煨黄栗子，半抄新炒白芝麻。江南橄榄连皮核，塞北胡桃去壳柤。"直到现在，除了专业的茶道中人对茶食颇有讲究，一般人皆就地取材，或瓜子蜜饯，或糕饼汤团，不一而足。但在吃茶行家看来，这些都是不入流的。顾元庆《茶谱·择果》云："烹点之际，不宜以珍果香草杂之。夺其香者，松子、柑橙、杏仁、莲心、木香、梅花、茉莉、蔷薇、木樨之类是也；夺其味者，牛乳、番桃、荔枝、圆眼、水梨、枇杷之类是也；夺其色者，柿饼、胶枣、火桃、杨梅、橙橘之类是也。凡饮佳茶，去果方觉清绝，杂之则无辨矣。若必曰所宜，核桃、榛子、瓜仁、藻仁、菱米、榄仁、栗子、鸡豆、银杏、山药、笋干、芝麻、莒蒿、莴苣、芹菜之类，精制或可用也。"

面

苏州人早上的“皮包水”，除了茶，还有面。苏州的面，无汤不面，它和碧螺春一样，一见就可知道产地，因为样子太“苏州”。

面条在苏州的地位有点微妙，不像有些地方，将它作为正经的“压寨夫人”供着，大小场合都要带着撑场面，缺它不得。在苏州吃饭，若是少了一道面，仿佛无人在意。特特到苏州来寻觅美食，如果没有吃到面食，似乎也不会抱憾而去；若恰好吃到了，平白多出一个惊喜，却也不是锦上添花，而是“此时无声胜有声”。苏州人一向含蓄，吃食与日子都是自己的，如鱼饮水，冷暖自知。你根本不会知道弄堂里与你擦肩而过的穿着大裤衩、趿着拖鞋的老头，脖子里带的是一块价值连城的老玉；一个挎着菜篮子，在菜市场讨价还价后归来的阿婆，走进的是摆着一堂有着上百年历史的红木家具的小阁楼；随便在一个小馆子里吃饭，你也许可以看到主流期刊上某位知名的美食栏目主持人，正与掌勺的师傅聊得眉开眼笑。

苏州的面馆家家生意都好，只要味道地道。苏帮菜因为用料讲究，做工精细，又是“不时不食”，四季吃得分明，许多材料都是应季而生，为苏州所独有，在外地很难依葫芦画瓢；但是面馆却异军突起，在上海等地都牢牢站稳了脚跟，生意好到爆棚，靠的还是一个讲究。

面条的灵魂在于汤，汤要用鸡骨架、鸭骨架、豚骨、黄鳝骨头等长熬而成，调味也要得当。苏州人都吃细面条，家家面馆的面条都是同一副面孔，要下功夫的还是在于汤与浇头。浇头有炒肉、大排、熏鱼、素交、咸菜肉丝、荷包蛋等，到了夏天则有“三虾面”，即将新鲜虾仁、虾子、虾黄炒成浇头，也就是出现那么一阵子，虽然价格昂贵，但是许多苏州人都会排队尝鲜，因为每日供应有限，还要早起凭着运气才能吃到。此外，还有枫镇大面、两面黄、风扇凉面、奥灶面，都是面食爱好者不可错过的经典口味。

张爱玲到西湖“楼外楼”吃面，只将一碗面汤喝尽了，浇头也吃掉，道：宽汤窄面，那面最好窄到没有。我看了觉得惋惜，吃面喝汤，天经地义，但是真把那面条暴殄了，还是觉得于心不忍。唐鲁孙的书里有写一个夜摊子卖小馄饨的，只放一排调味罐，出馄饨时“这里抓一把，那里抓一把”，就可以把一碗白开水的味道调得有滋有味，我看了颇感惊异。苏州人都长了一条“刁舌头”，味精与高汤的味道，一尝即知，如果厨师调料放多了，吃罢要喝大量的开水，容易被人“骂山门”。

灵岩山的一碗面令我印象深刻，若说滋味，与苏州城里的面条比起来，它像是一个乡野村妇，但是那种朴质的味道，也是城里的小家碧玉所无法比拟的。我对山林一直心存好感与敬畏，觉得人是不能离地气的，何况山林更有仙骨，所以像祭祖一样每年都去。去的话，除了吃茶，还要吃碗面，这一行才算圆满了。

灵岩山的面，味道经年不变，面条也比城里的粗与硬，素油炒的油面筋与香菇山笋，面汤醇爽。在山间穿行后胃口大开，来这里鲜有浪费。我很喜欢在那老旧的木头隔窗边上坐着，看那青翠山色。面堂里昏暗，墙上挂着一幅僧侣画作，卷面泛黄，幽长静远，有点隔世之感。台湾饭食里有“古早味”一说，我觉得用在这里是很适宜的。

蛋

历来咏花、咏蟹、咏春的古诗漫天盖地，但鲜有咏蛋的，偶尔几个成语，鸡飞蛋打、以卵击石，也都不是什么好词，这对蛋来说，好像不太公平，因为对于从古至今的饮食谱系来说，鸡蛋实在是不可或缺的营养来源。据记载，春秋战国时期，齐国已出现茶叶做成的菜肴，《晏子春秋》有道："婴相齐景公时，食脱粟之饭，炙三戈、五卵、茗菜而已。"五卵，就是鸡蛋；而茗菜，是指用茶叶制成的菜肴。

江南名菜芙蓉蟹斗里不可缺少的材料就是鸡蛋。去黄取蛋清，打成蛋泡糊，盛在蟹壳里，雪白粉嫩，初看之下都会以为是大量鲜奶油，尝起来鲜咸柔嫩。如果芙蓉可食，在某种感官上，也许就是这样的。

《随园食单》里有熏蛋的做法：“将鸡蛋加作料煨好，微微熏干，切片放盘中，可以佐膳。”那时也做茶叶蛋，规模有点盛大：用鸡蛋百个，盐一两，粗茶叶煮两支线香为度。如蛋五十个，只用五钱盐，照数加减。可做点心。到现在，茶叶蛋家喻户晓。宝岛台湾有个景点，以茶叶蛋闻名，买过吃了，其实和家里母亲制的滋味差别也不是太大，无非用茶叶加各种调料，类茴香、肉桂、花椒等，此外大量的酱油也是必不可少的。这茶叶，可以用绿茶、红茶，岩茶、铁观音，煮出来滋味都不差。曾经有个朋友，家中藏了盒价格不菲的上好岩茶，伯母不知，取出来煮了茶叶蛋，这是我吃过的最金贵的一枚茶叶蛋。也有人用鹌鹑蛋、鸽子蛋做茶叶蛋，小小一枚，清香可爱。苏州狮子林旁边有个叫久物集的生活茶空间，里面佐茶的小点，就是一碗茶煮鹌鹑蛋。里面有个雅致的女孩子，十分擅长做这一味菜，食之让人欲罢不能。此外，她还会做古法里的油炸玉兰花。

至于上面袁枚提到的切片熏蛋的做法，到现在倒是有各种演绎。各式宴会的前餐冷菜里，会吃到各种各样的切片蛋。有只用蛋清的，加香料调味制成蛋清香干，吃起来胶绵咸香，很有嚼劲；也有和蛋黄一起调味的，或蒸或煎，可甜可咸。

还有一道纯鸡蛋食品，就是日本玉子烧，现在也流行，是用鲜鸡蛋调羹，在特制的方形器皿里煎制成卷。正宗口味的玉子烧，凉且硬，因为做法严谨，切得方方正正，放在瓷盘里像一块汉白玉，口感也像——如果汉白玉可以吃的话。我还喜欢吃一款比较人间烟火的鸡蛋卷，像鲜奶虎皮蛋糕卷那么一筒，当中用菜铲略略切片，煎得蓬松金黄，里面铺卷了大量的起司，夹起来有大量起司拉丝，吃一块就饱了，很治愈的味道，一定要趁热吃。现在很多韩式或日式餐厅里都可以吃到。

其实很多古籍里就有很多时髦的鸡蛋吃法，比如有款蛋卷的做法，我看比玉子烧还要烦琐严谨。要先将蛋搅匀，下到事先擦好油的铁勺内——这和玉子烧的做法很像，但对技巧的要求更高。煎的时候，轮转需要丰富的经验，令其厚薄均匀，待煎熟揭起后做心，逐次煎完，压平。所用猪肉半精半白，即肥瘦均有，和绿豆粉、鸡蛋清、豆油、甜酒、花椒、八角末之类（或加盐落花生更妙），并葱花等下去，搅匀。取一小块，用煎蛋饼卷之，如卷薄饼。将两头轻轻折入，逐个包完。放蒸笼内，蒸熟吃之，其味甚美。

这是比较繁复的做法了，但是在吃的问题上，古人向来是不厌其烦的。袁枚曾提过一种鸡蛋菜的做法，名曰“混套”，这和我们现在“量子料理”的概念比较像。有次我看到新梅华的新菜品，将枇杷打汁调味，依旧做成一颗更浑圆漂亮的枇杷的样子，也是这种理念。“混套”的做法是将鸡蛋打一小孔，倒出蛋清、蛋黄。去黄，加煨浓的鸡汁搅匀，仍装入蛋壳，用纸封孔，再蒸。熟后，剥皮，仍浑然成一蛋。据袁枚说，味鲜异常。

此外还有一种神奇的做大蛋法。《醒园录》记：“用猪尿胞一个，将灰拌，用脚踹踏至大。不拘鸡、鹅、鸭蛋，一样打破，倾碗内，随用多少调合装入胞内，扎紧口。外用油纸包裹，沉井底一夜。次日取出，煮熟剥开胞，内黄白照旧，如大蛋一般，甚妙。”古代许多宴请其实很铺张，豪盏阔盘，巨大的食物，相比也有市场。就是不知道这个大蛋是为游戏而做还是真上宴席，但就吃口和今人的食量来说，还是很为难人的。

蛋的另一类吃法就是各种带壳腌制，可以储存许久，各地做法也有不同。在江南，腌鸭蛋是不可少的，近年还看到了烤腌蛋，也是清奇滋味。我祖母很擅长盐水腌蛋，那种滋味我在别处是没有吃到过的，是专属童年的滋味。《醒园录》里提到过一款腌盐蛋的做法，现在江南大多数人家，用的应该还是这种方式：“用芦草灰，木炭灰或稻草灰亦可，二灰用六成、七成；黄土用四成、三成，有粘性，可粘住就好；灰土拌成一块。每三升土灰配盐一升，酒和泥，塑蛋。大头向上，小头向下，密排坛内。十多天或半月可吃。合泥切，不可用水，一用水，即蛋白坚实难吃矣。”又有一种酱鸡蛋法，将鸡蛋带壳洗极净，腌入酱内，一月可吃，但不用煮，取黄生吃。蛋清化如水，“可揾物”，当豆油用，做炒菜作料极美。

《醒园录》里还有一种白煮蛋法，想来就是日料里温泉蛋的鼻祖：“将蛋同凉水下锅，煮至锅边水响，捞起，用凉水泡之，候蛋极冷，再放下锅二三滚，取起。其黄不熟不生，最为有趣。”这也是中国食谱的可爱之处，非常地经验主义，从来都是“盐少许”“曝晒几日”这样的措辞，所以估计做出来的食物，也是带有极其浓烈的个人色彩的。在阐述之外，还对食物赋予情感味道的点评，所以我总是喜欢将古菜谱当作文学书籍来读。

鱼

鱼米之乡，鱼在米前。江南人几乎都是吃鱼长大的。“鱼戏莲叶间”，“桃花流水鳜鱼肥”。鳜鱼、青鱼、菜花塘鳢鱼……江南的鱼种类多，做法也五花八门。有饭店做全鱼宴的，不乏惊艳之作。苏州有个叫黄桥的地方，盛产青鱼。旧时，每到冬天，立春之前，江南人把鱼塘抽空，将塘中肥硕青鱼围网上岸。家家户户分鱼而归——谓之年年有鱼（余），成为当时江南一大风俗和盛景。如今，青鱼文化已成为相城黄桥水文化的一大代表。当地饭店秘制“鱼十烧”，即青鱼的十种烧法，以馈四方。也有好高古的人士研读了各类古籍，造了“粉青宴”食谱，我有幸得之。只是具体做法，还没有炮制完全。期待在不久的将来，可以尝得这孤味。

粉青，顾名思义，就是粉色的青鱼，因为品种稀少，显得尤为珍贵。粉青宴的十几道核心菜中，最早的源于春秋时期，相传为吴王最爱，名曰“水晶脍”，其实就是青鱼鳞胶原冻，佐以鸡汤和各色本草配料，制成类同水晶冻这样的美物。八珍荟萃，即蕈油煨鱼胶，佐以本草，有药膳的滋补作用。再有就是宋、明、清菜谱里比较常见的熘炒、红烧、清蒸、糟卤等手法，各显神通，不一而足。

作为百姓桌上最常见的食材，各类古籍里鱼类的做法五花八门。《吴氏中馈录》里记录了“水腌鱼”的做法，至今江南这边依旧沿用：“腊中鲤鱼切大块，拭干。一斤用炒盐四两擦过，腌一宿，洗净晾干，再用盐二两、糟一斤，拌匀，入瓮，纸、箬、泥封涂。”只是江南这边多用青鱼，因其肥硕，切断腌制后，或腊挂，或清蒸，皆丰腴味美。

《醒园录》里有款醉鱼法：“用新鲜鲤鱼，破开去肚内杂碎，腌二日，翻过再腌二日，即于卤内洗净，再以清水洗净，晾干水气，入烧酒内洗过，装入坛内，每层鱼各放些花椒，用黄酒灌下，淹鱼寸许，再入烧酒半寸许，上面以花椒盖之，泥封口。总以鱼只装得七分，黄酒淹得二分，加烧酒一分，可成十分满足。吃时，取底下的，放猪板油细丁，加椒、葱，刀切极细如泥"，同炖至极烂，"食之，真佳品也。如遇夏天，将鱼晒干，亦可如法醉之"。《养小录》则记有"酒鱼"："冬月，大鱼切大片，盐拿，晒略干，入罐。滴烧酒灌满，泥口，来岁三四月取用。"另有款"酒曲鱼"，方法略复杂些："大鱼，治净，一斤，切作手掌大薄片，用盐二两，神曲末四两、椒百粒、葱一握、酒二斤拌匀，密封。冬七日可食。夏一宿可食。"再有就是"酒发鱼"："大鲫鱼，净，去鳞、眼、肠、腮及鳍尾。勿见生水。以清酒脚洗，用布抹干。里面以布扎箸头，细细搜抹净。用神曲、红曲、胡椒、茴香、川椒、干姜诸末各一两，拌炒盐二两，装入鱼腹，入罐，上下加料一层，包好泥封。腊月造，下灯节后开，又番一转，入好酒浸满，泥封。至四月方熟，可用。可留一二年。"

另有糟鱼法："将鱼破开，不下水，用盐腌之。每鱼一斤，用盐二三两，腌二日，即于卤内洗净，再以清水摆净，去鳞翅及头尾，于日中晒之。候鱼半干（不可太干），砍作四块或八块（肉厚处再剖开），取做就之糟（即前法所云：挤酒之糟，加盐少许，装入坛内，候发香糟物者是也）听用。每鱼一层，盖糟一层，上加整花椒，逐层用糟及椒安放坛内。加糟汁少，微觉干，便取好甜酒酌量倾入，用泥封坛口，四十天后可吃。临吃时，取鱼带糟，用猪板油细丁，拌入碗蒸之。"

类似这样的方法，还可以糟蟹、大虾，各家各法，千滋百味，不一而足。

《遵生八笺》里有说到鱼酱法："用鱼一斤，切碎洗净后，以炒盐三两、花椒一钱、茴香一钱、干姜一钱、神曲二钱、红曲五钱，加酒和匀，拌鱼肉，入磁瓶封好，十日可用。吃时加葱花少许。"在电视里看到贵州鱼酱制法，也是如此这般。再有就是上海"日食记"网店有款小鱼酱，做菜调味亦是鲜美异常。这款小鱼酱和他家葱烧酱油，已成我的家居必备款。

我曾在吴江老震源吃到过一味鲫鱼，令人难忘。那道菜初看与普通葱烧鲫鱼并无二致，鱼寻常个头，红烧，入口才知玄妙：从鱼肉到鱼骨、鱼头，皆绵密酥软，鲜香丰腴，入口即化，让人可以像吃饴糖一样，将一条整鱼吃得干干净净。后在一民国时期的日记中看得，这味菜源于清代食谱。最后才看到早在明人高濂的《遵生八笺》里就有“酥骨鱼”的做法：“大鲫鱼治净，用酱、水、酒少许，紫苏叶大撮，甘草些少，煮半日”，熟透，骨酥味美。《醒园录》里酥鱼的做法更详细一些：“不拘何鱼，即鲫鱼亦可。凡鱼，不去鳞不破肚，洗净。先用大葱厚铺锅底下，一重鱼，铺一重葱，鱼下完，加清酱少许，用好香油作汁，淹鱼一指，锅盖密。用高粱秆火煮之，至锅里不响为度。取起吃之甚美，且可久藏不坏。”

最后，透露一款大多数人不知道的秘方，出自《遵生八笺》：“凡煮河鱼，先下水下烧，则骨酥；江海鱼先调滚汁下锅，则骨坚也。”

炉香乍爇，法界蒙薰。

味道

后秦弘始六年至七年（404—405）由弗若多罗、鸠摩罗什共译的《十诵律》这样写道：“佛在舍卫国。有病比丘，苏油涂身，不洗，痒闷。是事白佛。佛言：‘应用澡豆洗。’优波离问佛：‘用何物作澡豆？’佛言：‘以大豆、小豆、摩沙豆、豌豆、迦提婆罗草、梨频陀子作。’”

习佛的人注重气味。他们用豆类和香草做成净手之物，是为愉悦身心，取得净化。比丘、比丘尼不食韭菜、大蒜、葱头之类的有气味的“荤菜”，并且，每日要焚香不断。据说，香是人与佛交流的通道，可启性灵，安心神，是一种殊胜。

佛教与世俗共生，大雅亦可大俗，声香色味触法，在一条街的蜿蜒里，无尽意。

气味可带来直接有力的影响，虽然它自身再是飘渺不过——这是大自然中一种神秘的法则。动物通过气味来择偶、认路、圈地、辨清敌友，或者确认生死。气味是无声的言语，冥冥间道出心之所在，有时候也是直落落的表白。苏州话里，夸人有学问叫“书卷气”，骂人不负责任叫“鸭屎臭”，称日常生活有“烟火气”，心里不舒服叫“奥糟”，愤愤然拒绝别人叫“滚你个青膀咸鸭蛋”，生活艰苦是“吃萝卜干饭”，天气闷热叫“龌馊热”，都是用味道来表达感情，大小通吃，老少皆宜。

这也许是苏州现世与过往交接的气味。

调味

牛油果寡淡，像容貌平常但是内心温柔的女子，不惊艳，却养人，这种品格，自然会在天长日久里滋生情谊。婴儿对它没有排斥，因为他们初到人间的味蕾，犹如真正的僧侣的味蕾，可以在最寡淡的食物里吃出天然的香味。而红尘让成人的味蕾逐渐迟钝，所以出现了调味品。

最不喜欢的是用香料调味，一锅子香料，食物浸在里面，面目全非。苏帮菜吃久了，就变得有点固执。清淡是日常，浓烈是短暂的出离，我们终究承受不了那样炽烈的煎熬。

作为具备红尘味蕾的成年人，对于牛油果的食法，可以撒上少许细盐，这是让一个素颜女子瞬间妩媚的方法。也有加入甜味色拉酱、拌上芒果粒的，或者调成各种你勇于尝试的味道，甚至蘸酱油——食物的姿态无拘无束。

另有大量需要调味的食物，如鱼翅、海参、燕窝，都是依靠在别的食物的滋味里。袁枚就列举了些鱼翅的做法：“鱼翅难烂，须煮两日，才能摧刚为柔。用有二法：一用好火腿、好鸡汤，加鲜笋、冰糖钱许煨烂，此一法也；一纯用鸡汤串细萝卜丝，拆碎鳞翅，搀和其中，飘浮碗面，令食者不能辨其为萝卜丝、为鱼翅，此又一法也。用火腿者，汤宜少；用萝卜丝者，汤宜多。总以融洽柔腻为佳。若海参触鼻，鱼翅跳盘，便成笑话。吴道士家做鱼翅，不用下鳞，单用上半厚根，亦有风味。萝卜丝须出水二次，其臭才去。常在郭耕礼家吃鱼翅炒菜，妙绝！惜未传其方法。”

这有点像江湖独门秘籍，真正的好味，似乎都在失传中。

况味

我对于有生活况味的物什抱有一定的好感。这种好感源于一种日渐笃定的态度，是滋生在柴米油盐上的旷古之美。老灶头里的一捧柴，栀子花、白兰花的枯枝，羽化成蝶的日常生活，带着点肌肤之亲的市井之味。

有些东西，永远游走在时间之外。保存安好的一份记忆，过眼而未成云烟，时间幻化成的妖精，生生把人催了眠。时间在桂花粽子糖里穿肠而过，又加上梨糖膏的气味、海棠糕的妖娆甜糯、萝卜丝糕的肥白金脆、臭豆腐的滚烫丰腴，以及窄小铺子里一碗羊肉汤的亲近热辣，这个亦真亦幻的市井小街，就变成一床妥帖的棉被，将你包裹其中，让你回到童年。

这里有历史的真迹，我奇怪的是它的亘古不变。布店，斑驳的木板，污脏的水泥墙，像范宽发了霉的真迹。的确良、灯芯绒、扎染蓝花，布匹一卷卷横陈，任人随意翻拣，众生平等，这景象让我心中温暖。又看到小杂货铺、五金商店，搪瓷面盆、玻璃酒缸，还有一个个装菜油的加仑桶，脑中记忆的画面一下子放大、拉宽，活生生的一个黄金时代。水果摆到了街上，我买了两个石榴。看摊的小姑娘接了钱，果然放到水磨石花纹的铁皮匣子里，上面挂着一把锁——权作摆设的锁；然后装袋，果然是红色塑料袋，稍重一点的物什就可以压穿袋子；然后是抱怨和咕哝，三年五载就这么过来的，亘古不变。

酿味

《红楼梦》第四十一回，凤姐奉贾母之命，搛了些茄鲞给刘姥姥吃，刘姥姥吃了说："别哄我，茄子跑出这个味儿来了？我们也不用种粮食，只种茄子了。"于是凤姐向刘姥姥讲解说，才摘下来的茄子把皮去了，只要净肉，切成碎丁子，用鸡油炸了，再用鸡脯子肉并香菌、新笋、蘑菇、五香腐干、各色干果子，俱切成丁子，用鸡汤煨干，将香油一收，外加糟油一拌，盛在瓷罐子里封严，要吃时拿出来，用炒的鸡瓜一拌就是。

一道家常过粥小菜，把刘姥姥骇得不轻。

时间的陈酿，向来令人着迷，自古以来无论江南江北人士，都好这或浓郁或清淡的一口。冒辟疆《影梅庵忆语》中的董小宛和沈三白《浮生六记》中的陈芸，都喜食酱菜，且还是酿作高手。我也有两个故人，做的腌西瓜皮与酱萝卜干滋味清奇，只是斯人已逝，而味蕾的记忆深情绵长。有时候怀念一道菜，就是一次悼念，抑或望乡；而故乡，有时候也只真实地存在于味蕾之上。

《吴氏中馈录》介绍了酱佛手、香橼、梨子的简单做法：“梨子带皮入酱缸内，久而不坏；香橼去瓤，酱皮；佛手全酱。新橘皮、石花、面筋皆可酱食，其味更佳。”也有糟茄子法，比《红楼梦》里简单许多：“茄子五斤，糟六斤，盐十七两，河水两三碗，拌糟，其茄味自甜。”

糟萝卜方是“用萝卜一斤，盐三两；以萝卜不要见水，揩净，带须半根晒干；糟与盐拌过，次入萝卜，又拌过，入瓮”。糟姜方是“姜一斤，糟一斤，盐五两，拣社日前可糟；不要见水，不可损了姜皮；用干布擦去泥，晒半干后，糟盐拌之，入瓮”。

袁枚的做法则是“生姜取嫩者微腌，先用粗酱套之，再用细酱套之，凡三套而始成。古法用蝉蜕一个入酱，则姜久而不老”。至于酱瓜，则是“将瓜腌后，风干入酱，如酱姜之法。不难其甜，而难其脆。杭州放鲁箴家制之最佳。据云：酱后晒干又酱，故皮薄而皱，上口脆”。

张爱玲在《十八春》里提及一款腌莴苣的做法：莴苣切成长条，腌制晒干后盘成一朵花。就是这道腌菜，将世钧的父亲，在临终之际，从姨太太身边拉回了母亲身边。

袁枚提及莴苣的吃法，有二法：“新酱者，松脆可爱。或腌之为脯，切片食甚鲜”，淡胜于咸。香干菜的做法是将“春芥心风干，取梗淡腌，晒干，加酒、加糖、加秋油，拌后再加蒸之，风干入瓶”。

苏州人熟悉的雪里蕻的制法，一是整腌，以淡为佳；另一法是取心风干，斩碎，腌入瓶中，熟后杂鱼羹中，极鲜。或用醋煨，入锅中做辣菜亦可，煮鳗、煮鲫鱼最佳。

《随园食单》列举了一些腌菜的制法，如下：

风瘪菜

将冬菜取心风干，腌后榨出卤，小瓶装

之，泥封其口，倒放灰上。夏食之，其色黄，其臭香。

糟菜

取腌过的风瘪菜，以菜叶包之，每一小包，铺一面香糟，重叠放坛内。取食时，开包食之，糟不沾菜，而菜得糟味。

酸菜

冬菜心风干微腌，加糖、醋、芥末，带卤入罐中，微加秋油亦可。席间醉饱之余，食之醒脾解酒。

台菜心

取春日台菜心腌之，榨出其卤，装小瓶之中，夏日食之。风干其花，即名菜花头，可以烹肉。

臭豆腐大多是用腌菜的汁卤成的。苏州郊外，原来属长洲县的地方，有一款乡下菜，叫“炖盐水”：将面粉调了腌菜汁水，再加菜籽油，上锅清炖而成，咸鲜丰腴。这种味道，有点年岁的老人都不会忘记。

南瓜

吴江有不少让人感到新奇的食物，比如熏豆，甜的咸的，食过皆令人难忘；还有一种极薄脆的麦饼，据说极少做，也是新奇的滋味。我有一个美而惠的吴江同学，因此我对那片地域有一种与生俱来的好感。爱屋及乌的例子举不胜举。因此还去了她家里。她妈妈有极赞的手艺，让我吃了许多好东西。最难忘的却是一盘煸炒南瓜，熟透的南瓜切成片状，用油煎煸，加葱调香，出锅时一个大白瓷盘里小小的一窝，冒着热气，有一种明亮的色泽。我看到时有些感动，觉得寻常人家的优雅生活就是这样传承的。

南瓜最常见的吃法就是蒸煮，因为品

种比较多，特别好吃的也不是那么常见，每次切开一个如同赌石。有些清汤寡气的，食之令人泄气；也有蒸熟后丰糯甘美的，像事先做好的奶油布丁。韩国餐馆里最常见的甜品是南瓜甜羹，也有做南瓜粥的，有些做得特别好吃，像地道的日本蛋羹，其中的细腻柔美，和中国的吃法很不同，也有人特地为了这一口去吃韩国餐。日本蛋羹之所以特别细腻，是因为鸡蛋调匀后，再要在细漏勺里过滤一遍再蒸。估计南瓜羹的做法也是类似的，将食物料理打磨到最细再慢熬。我家每年大年初一，会将南瓜烧成甜汤，再在里面下一种糯米丸子。其他人家是否这样吃，我竟未有去考证过。

南瓜又称“饭瓜”“米瓜”，日本人称之为“唐茄子”，明代开始进入中国。关于南瓜的古老吃法，现代人看来颇为清奇。李时珍在《本草纲目》中说：“南瓜种出南番，转入闽浙，今燕京诸处亦有之矣。二月下种，宜沙沃地，四月生苗，引蔓甚繁，一蔓可延十余丈……其子如冬瓜子，其肉厚色黄，不可生食，惟去皮瓤瀹，味如山药，同猪肉煮食更良，亦可蜜煎。”除了和猪肉同煮之外，人们还吃它的叶子，还有花。“以叶作菹，去筋净乃妙”。花亦能食，“泡以开水盐渍之，署日以代干菜”，这和日本人腌渍樱花的方法比较相似。不同的是，他们腌渍樱花用来泡茶，亦用作料理食材。在食用之前，花需去其心和须，去其苦味。除此以外，南瓜还有保健作用，还有泡南瓜酒的。据《本草求原》载：“蒸晒浸酒佳。其藤甘苦、微寒。平肝和胃，通经络，利血脉。”鸦片泛滥时，南瓜常被用作药物，以治疗烟瘾。

《北墅抱瓮录》中说：“南瓜愈老愈佳，宜用子瞻煮黄州猪肉之法，少水缓火，蒸令极熟，味甘腻，且极香。”所谓“子瞻煮黄州猪肉之法”，就是苏东坡制作东坡肉的方法，慢火细炖，炖出它的甘美之味。这是中国人固有的手法。有些老汤，一炖就是上百年。

豆腐

豆腐滋味寻常，样子也寻常，但这并不妨碍豆腐的“逆袭”。袁枚说，豆腐得味远胜燕窝，这倒是对的，重在“得味”。豆腐与茶一样，其性最淫，这儿指的是容易吸味。和豆腐不同的是，茶一旦串味便妥妥地完结了，除非是花香；而豆腐得了味，哪怕是臭味，也是羽化成仙，布衣舞成霓裳，自成一道。

据敦煌出土的文献记载，豆腐最早的功效是消炎，一如茶最早是被当作药的。食是终极，也是初始，芸芸众生不可逃脱的定律。

明代苏平作了一首豆腐诗：

传得淮南术最佳，皮肤褪尽见精华。

一轮磨上流琼液，百沸汤中滚雪花。

瓦缶浸来蟾有影，金刀剖破玉无瑕。

个中滋味谁知得，多在僧家与道家。

去老苏州茶酒楼吃饭，必点的一味菜是豆花，因它的做法保留了原始的趣味，显得有情有义；除去营养与滋味，上菜的情景有暖食生烟的温情，使人愉悦。食器并不精雅，眼看上来一木盖瓦瓮，周围一圈小碟，里面无非香菜、虾米、紫菜、榨菜、精盐之类，揭盖查看，豆花未成，还是豆汁的模样，要耐心待上几分钟，点豆花。

张爱玲写到过一回豆腐。她是出名的嘴刁，日料照理是吃不惯的，唯独对一道豆腐情有独钟，用勺子妥妥吃完一碟，觉得量少。丰子恺、周作人、汪曾祺的散文里都多次提到豆腐和豆腐干。老舍的《骆驼祥子》里对豆花的描写，使人觉得，纵使世道艰难，只要有一碗滚烫香辣的豆花，红尘便也有所依恋。那是北平的吃法。在苏州，烹饪方式就富含江南风韵，用上了虾油。《随园食单》里记有虾油豆腐的做法："取陈虾油，代清酱炒豆腐。须两面熯黄。油锅要热，用猪油、葱、椒。”那时候也吃冻豆腐，不过真是岁月长久了，要足足等半年，将冬天所冻豆腐，放背阴房内，候次年冰水化尽，入大瓷瓮内，埋背阴土中，到六月取食。在吃的问题上，古人是很有勇气的，什么都敢埋，泡茶的雪水、嫁女儿的酒、下酒吃的腌菜。

古食谱中有几味豆腐做得好，流传了下来。和西施豆腐不同的是，西施像一个笼统的地母，生发出西施豆腐这样的菜肴；而它们是豆腐之上生发出来的千姿百态，营养之外，又是千滋百味。本来豆腐的入味功能就是很强的，虽然它本身寡味。有款叫“蒋侍郎豆腐”的，就是将豆腐与虾同煮，使之有鲜味：“豆腐两面去皮，每块切成十六片，晾干；猪油熬至清烟起才下豆腐，略撒盐花一撮，翻身后，用好甜酒一茶杯，大虾米一百二十个；如无大虾米，用小虾米三百个；先将虾米滚泡一个时辰，秋油一小杯，再滚一回，加糖一撮，再滚一回；用细葱半寸许长，一百二十段，缓缓起锅。”“张恺豆腐”用料相仿，但是做法不同：“将虾米捣碎，入豆腐中，起油锅，加作料干炒。”现在的饭店里依旧可以吃到类似的豆腐菜。“杨中丞豆腐”则是用鱼和高汤提鲜：“用嫩腐煮去豆气，入鸡汤，同鳆鱼片滚数刻，加糟油、香蕈起锅。鸡汁须浓，鱼片要薄。”到“王太守八宝豆腐”，做法就有清雅之气：“用嫩片切粉碎，加香蕈屑、蘑菇屑、松子仁屑、瓜子仁屑、鸡屑、火腿屑，同入浓鸡汁中，炒滚起锅。用腐脑亦可。用瓢不用箸。孟亭太守云：‘此圣祖赐徐健庵尚书方也。尚书取方时，御膳房费一千两。’太守之祖楼村先生为尚书门生，故得之。”另有一款“冻豆腐”，看着与今人食用的无二致，只是食用的方法上，比现代人讲究许多：“将豆腐冻一夜，切方块，滚去豆味，加鸡汤汁、火腿汁、肉汁煨之。上桌时，撤去鸡、火腿之类，单留香蕈、冬笋。豆腐煨久则松，面起蜂窝，如冻腐矣。故炒腐宜嫩，煨者宜老。……用蘑菇煮豆腐，虽夏月亦照冻腐之法，甚佳。切不可加荤汤，致失清味。”

袁枚还曾记载过一款叫“程立万豆腐”的，说是豆腐菜，更像丰田秀吉和千利休拙劣的美学比武：“乾隆廿三年，同金寿门在扬州程立万家食煎豆腐，精绝无双。其腐两面黄干，无丝毫卤汁，微有车螯鲜味。然盘中并无车螯及他杂物也。次日告查宣门，查曰：‘我能之！我当特请。’已而，同杭堇莆同食于查家，则上箸大笑；乃纯是鸡、雀脑为之，并非真豆腐，肥腻难耐矣。其费十倍于程，而味远不及也。”只是那时候，袁枚家中有急事，未能及时向程立万讨得秘方，再去时，程立万已因年事已高死去，袁懊悔不已。

这和丰子恺写过的一则旧文很相似，也有可能是梁实秋，因为民国文人的情致与吃食大有类同。多年前看过后，只记得大致桥段：作者听闻外面有豆干叫卖，当时不以为意，开门随意买了些；叫卖者提一古旧竹篮子，豆干用素净纱布遮着；不想作者尝后，只觉鲜美异常，再去寻这叫卖者，已不见其踪影。邂逅的美食，因为不可再得，在回忆中就变成至味。

豆腐还可以有千百种演变，其中一味经过时间的陈酿，便成豆腐乳。董小宛和芸娘都喜欢茶泡饭，就豆乳，因她们都“疰夏”（夏日食欲不振）。

《醒园录》里有提及豆腐乳制法，看着

不难："将豆腐切作方块，用盐腌三四天，出晒两天，置蒸笼内，蒸至极熟，出晒一天和便酱，下酒少许，盖密晒之。或加小茴末和晒更佳。"另有一款糟豆腐乳制法，看着繁复许多："每鲜豆腐十斤，配盐二斤半（其盐三分之中，当留一小分，俟装坛时拌入糟膏内）。将豆腐一块，切作两块，一重盐，一重豆腐，装入盆内，用木板盖之，上用小石压之，但不可太重。腌二日洗捞起，晒之至晚，蒸之。次日复晒复蒸，再切寸方块，配白糯米五升，洗淘干净煮烂，捞饭候冷（蒸饭未免太干，定当煮捞脂膏，自可多取为要）。用白曲五块，研末拌匀，装入桶盆内，用手轻压抹光，以巾布盖塞极密。次早开看起发，用手节次刨放米箩擦之（次早刨擦，未免太早，当三天为妥），下用盆承接脂膏，其糟粕不用，和好老酒一大瓶，红曲末少许拌匀。一重糟，一重豆腐，分装小罐内，只可七分装满就好（以防沸溢）。盖密，外用布或泥封固，收藏四十天方可吃用，不可晒日（红曲末多些好看，装时当加白曲末少许才松破。若太干，酒当多添，俾膏酒略淹豆腐为妙）。"

糕点

其实“枕河人家”是远不能概括苏州的，然而却很吃准，就像提到妻子，必然是恭惠贤良，虽然事实可能不是如此。所以说到糕点，跃入脑子的便是“软、甜、香”三个字，这是对于美食的一种“柏拉图”了，情真意切。

还真有叫“软香糕”的，不过已经失传许久了。清朝时候对它有所记载，然也不过是“以苏州都林桥为第一；其次虎丘糕，西施家为第二；南京南门外报恩寺则第三矣”。其他的并无提及，大致也能想象，不过软、甜、香。桂花糖年糕、大猪油、年糕、水方糕、蜜糕、斗糕，和现在随处可见的海棠糕、梅花糕、定胜糕……苏州是一个甜腻的城市，却也出了葱猪油咸糕、蟹壳黄，另外还有鲜肉月饼也是咸的。凡事都有例外，一味循规蹈矩倒有些荒诞了。

鲁迅和周作人似乎在糕点上一直对北方的耿耿于怀。较之江南，北方糕点的甜腻似乎又加了一层“来势汹汹”的意味，而且干；苏州糕点几乎就变成含情脉脉的了，而且水灵，符合粉墙黛瓦这种低调的滋养。《吴氏中馈录》里记录了“五香糕方”的做法，具有食养的成分：“上白糯米和粳米二六分，芡实干一分，人参、白术、茯苓、砂仁总一分。磨极细，筛过，白砂糖滚汤拌匀，上甑。”至于鸡蛋糕，自古有之，和我们现在所吃到的出入是很大的，只是有鸡蛋的成分。《醒园录》中有具体做法：“每面一斤，配蛋十个，白糖半斤，合作一处，拌匀，盖密，放灶上热处。过一饭时，入蒸笼内蒸熟，以筷子插入，不粘为度。取起候冷定，切片吃。”这种糕点还有干吃法，就是在灶上加热后，再入铁炉熨煎一下，有特殊的香气。甚至还有西洋鸡蛋糕的做法，具体操作是“每上面一斤，配白糖半斤，鸡蛋黄十六个”。那时候没有酵母，就用酒酿代替，酒酿即醪糟、江米酒。酒酿“半碗，挤去糟粕，只用酒汁，合水少许和，用筷子搅，吹去沫”，待冷却后入蒸笼内，蒸熟即可食。苏州用甜酒酿做的糕点名曰“米风糕”，旧时以周万兴、同万兴、同森泰的最为有名。米风糕又名“米枫糕”“碗枫糕”，采用粳米粉、小麦粉、白糖、甜酒酿、松子仁、熟猪油为原料，亦有在里面加红枣的，甜香软糯，食之甚美。又有直接叫“酒酿饼”的，有溲糖、包馅和荤素之分，馅料有玫瑰、豆沙、薄荷诸品，为春日时令点心。夏传曾的《随园食单补证》里也有提：“酒酿饼、酒酿糕，吴人以酒酿发面成饼，熯之。”另有一种发酵糕点，可叫“发糕”，亦叫“松糕”，用的是一种叫麸子的酵素——也有叫曲发面的，和一杯清水，白米饭，洗泡一天，研磨细面，准备一杯面，一杯糖水，搅匀，盖密，令发至透，下层笼蒸熟。这种糕可调制颜色，要红加红曲末，要绿加青汁，要黄加姜黄，是一种很活泼的糕点。“山楂糕”有固定的娇媚颜色，除了用上新鲜山楂，如果颜色还不够红艳，还要加上特制的红色调料调制。具体的做法是“将鲜山楂水煮一滚，捞起去皮核，取净肉捣烂，再用细竹筛手磨擦去根，称重与白糖对配”，做成后“或印或摊，整个切条块收贮”。倘水气不收难放，用炉灰排平，隔纸将糕排在纸上，纸盖一二天，水气收干装贮。也有一种简易方法，仅用水煮熟，去皮留肉并核，将煮山楂水下糖煮滚，浸泡楂肉，其味酸甜，可做围碟之用。另外还有很多种水果糕的做法，与山楂糕做法是一致的，皆是蒸熟去皮，捣烂擦细加糖，可制木瓜、橙子、橘子、梅子等诸多糕点。

苏州人爱食糕点，袁枚在《随园食单》里就对苏州的糕点津津乐道。且举几种现在已经见不到的，比如“合欢饼”，具体做法是“蒸糕为饭，以木印印之，如小珙璧状，入铁架熯之，微用油，方不粘架”。做法和如今的粢饭糕有点像，只不过材料不用软糯的米饭而是糕，且事先用模具印，想来也比粢饭糕美貌一点。还有叫“鸡豆糕”的，“研碎鸡豆，用微粉为糕，放盘中蒸之。临食用小刀片开”。鸡豆即芡实。有种“三层玉带糕”，“以纯糯粉作糕，分作三层；一层粉，一层猪油白糖，夹好蒸之，蒸熟切丌”。这样的糕食，仿佛现在黄天源里依然有卖。又有叫“运司糕”的，“色白如雪，点胭脂，红如桃花。微糖作馅，淡而弥旨”。以及“沙糕”，用"糯粉蒸糕，中夹芝麻、糖屑"。还有一种"雪蒸糕"，做法较为烦琐。然古人在吃上极具耐心，那时候的日子也许太慢，有足够多的时间和心思来打磨一餐一饭。

又有各种加了蔬果制作的糕点，《醒园录》里列及许多，比如一款蒸萝卜糕法，具体做法是"每饭米八升，加糯米二升，水洗净，泡隔宿。舂粉筛细，配萝卜三四斤，刮去粗皮，擦成丝。用猪板油一斤，切丝或切丁，先下锅略炒，次下萝卜丝同炒，再加胡椒面、葱花、盐各少许同炒。萝卜丝半熟，捞起候冷，拌入米粉内，加水调极匀（以手挑起，坠有整块，不致太稀），入笼内蒸之（先用布衬于笼底），筷子插入不粘"为宜。另有一种简单的做法是猪油、萝卜、椒料俱不下锅，拌入米粉同蒸。

此外还有绿豆糕、茯苓糕等，其中比较艳丽的一种，名叫"封糕"，馅料用核桃肉、松仁、瓜仁等，研碎过筛，亦用饭米洗泡舂粉，用白糖水和拌，筛入蒸笼内打平，再筛馅料一重，又筛米面一重；若要多馅，仿此再加二三重即可。筛完抹平，用刀划开，中央点红花，蒸熟。

西瓜糕的做法，与列夫·托尔斯泰小说里，主妇做草莓酱的方法大同小异：“拣上好大西瓜劈开，刮瓤捞起另处，瓜汁另作一处。先将瓜瓤沥水下锅煮滚，再下瓜瓤同煮，至发黏，取起称重，与糖对配。将糖同另处瓜汁下锅煮滚，然后下瓜瓤煮至滴水不散，取起用罐装贮（具子另拣妙香，取仁下去）。如久雨潮湿发霉，将浮面霉点用筷子拣去，连罐坐慢火炉上，徐徐滚之，取起勿动。”

另一款蔷薇糕的做法则多了不少讲究：“蔷薇天明初开时，取来不拘多少，去心蒂及叶头有白处，铺于罐底，用白糖盖之，扎紧。明日再取，如法。后仿此。候花过，将罐内糖花不时翻转，至花略烂，将罐坐于微火煮片时，加饴糖和匀，扎紧候用。”

王稼句先生的《姑苏食话》里，列数了苏州糕团饼饵数种，算是给苏州糕食做了一个颇为详尽的谱系，此处不提了，具体可翻阅此书。王安忆小说《富萍》里，有个顶厉害的老太太，精明强干了一辈子，连选儿媳妇也是火眼金睛，挑了个糕团店的女儿，只因她灵巧娴静，热点心出屉的时候双手一拎一翻，就妥当了。而事实也证明，老太太没有看走眼，依食而住的人生经验向来不会错。

张爱玲的文章中，也多次提到过点心，那时候老上海的西点铺都有外国厨子，估计味道是很正宗的。她再三提到的一款蛤蟆酥，应该是中国食品。我小时候仿佛也吃过，海苔味的，也是咸的，对它有幼童特有的印象。莫奈色，一圈圈幽深的湖水的涟漪，充满年代感。味道也像陈年旧事，约定俗成里有一种本分的味道。在所有糕点里面，这算是疏离的一种。

茶点

小时候因为脾胃虚弱，我是被家人禁止吃糯米食的，这让我和许多甜味的点心隔着相当的距离。面包、蛋糕我吃得多，也吃馒头，在我看来那些是不叫点心的，能吃饱的都不叫点心。

后来渐渐有了零用钱，也有了一定的自由，可以在放学后到老街买一两枚加应子，或者卷在纸条里的梅饼。肚饿的时候，买萝卜丝饼和海棠糕。卖萝卜丝饼的好婆端坐在青石桥端，她穿大襟蓝布衣裳，银发盘髻，外罩黛青头巾，手摇蒲扇，扇面前有口小煤炉，煤炉上架着小油锅，中间用铁网拦开。她有一柄深勺，里面浅浅放半勺子面糊，再放大量的雪白的萝卜丝，用面糊封顶，而后将勺子浸到油里炸，面糊遇到高温便成型，那只勺子便可去盛制另一只饼。她已做得十分娴熟，可以同时做五只萝卜丝饼到油锅里，炸到金黄便捞出来放到铁丝上过过油，用一块裁好的报纸裹了递与你吃。热吹噗烫，吃的人一面咬那滚烫的饼，一面丝丝地吸气，被烫得龇牙咧嘴。萝卜丝饼必须趁热吃完，凉了便了无生趣，油腥气也会冒出来，使人联想到“死气沉沉”这个词。

吃这个好婆的海棠糕要碰运气。因为只有一个煤炉，不炸萝卜丝饼的时候她便用那焦黑的铁模子烘海棠糕，撒很多的红绿丝。红绿丝有一股僵直的白糖味，我不爱吃，每次都设法剔掉。头层的焦糖我是爱的，也爱中间那层绵软的红豆沙——都是她手作的。豆沙颗粒很粗，有时豆壳尚在，有一股丰腴的焦香味。她预先把豆沙馅炒过，想来是拌了猪油的，有明亮的甜腻。

这是我对于苏州糕点最初的记忆，后来吃到梅花糕，觉得诧异：梅花明明比海棠小，为何糕要大出这么多，形状也奇特，像高耸的有柄的馒头，中国式的冰激凌花筒，令吃惯扁平糕饼的人耳目一新。前些年海棠糕、梅花糕渐渐撤出苏州大街小巷，只在热门景点的某个店铺门面的一角能看到，记忆中的苏州元素，已难以寻觅。一次性烘烤完毕后堆在不锈钢蒸笼框里零星出售，像僵直的冰冷的食物的尸骸，无人问津，这样的食物实在是令人泄气的。

观前街上的许多老字号的食物倒是保持了原味，采芝斋、陆稿荐之类，以糖食、卤菜为主，不至使人扫兴。而一些靠纯手工制作的点心坊，就是住在时光往处的真迹了。有人千里万里地寻来，就为一个似曾相识。人生在世，酸甜苦辣都在一张嘴里，有人吃一盏茶会落下泪来，喝汤吃菜也会。食饮无法矫情，矫情的是人。众里寻她千百度，还不是为一份真情，食物的真情。我们去黄天源吃糕，吃的是苏州糕点的一个传承，代代相传的心经，捏住你味蕾的七寸。我们的弱点是有回忆、有故乡、有母亲、有朋友、有自恋的感伤，所以很容易被食物击中。就像在旧信件里翻到一张初恋的照片，虽然物是人非，时光终究不会欺骗我们，而把一切美好深埋其中。倘若世事沉浮，真情难觅，还是吃块点心吧。食物是最好的安慰，原谅这个世界上所有的胖子和瘦子，以及体重适中的人，生活终究是一场人与食物的较量，无非是饿了、饱了，吃得下和吃不下，有能力吃和没能力吃，能吃和不能吃了。

到了后青春期，我忽然爱上了茶与美食，也是我小时候脾胃虚弱的缘故，吃什么都没什么好滋味，所以回头想想以前的食物，竟然都没有多少活色生香的。印象最深的，是父亲工厂里的厨娘，黝黑善良略显木讷，每日蒸一碗猪肉丝给我吃，在她看来那是最“熬好”的菜。“熬好”是句苏州话，意思是殷切到献媚，词是褒义词，类似于泛滥的不加遮拦的母爱。最终她把我的胃口吃倒了，所以我童年一直厌食，一直不快活，这也是真情造的孽。

所以吃东西像谈恋爱，也要讲究两情相悦。我在这儿谈苏州糕饼，也实在不想自卖自夸，然而苏州人都说瘌痢头儿子自己的好，这也是一种普世之情，更何况有些是着实讨人喜欢的。像我，就比较喜欢橙汁拉糕。丰腴，甜美，又不是太甜，甜使人腻，她是恰到好处的少妇，摩登新派的，无袖旗袍外面加件开丝米外套，却也无可挑剔。我想古人是断不会把橙子做进食物里的。桂花拉糕、豆沙拉糕我都爱。在夏天吃茶，来块薄荷拉糕也是应景的，荷田边绿衫少女一个俏皮的笑。玫瑰猪油糕让我印象深刻，小时候吃了一次，称赞好味，我父亲就一直买回来，竟然也没有吃腻。蒸在粥锅上，炖到脱了型，用筷子夹了可以拔丝，凉后依旧很有风骨，闻得到浓郁玫瑰香，因为加了猪油，有一种富丽的丰盈，米烂陈仓一样的安泰。

炒肉团子，时令性很强，只有黄梅天过后才上柜一阵子，因为奇货可居，诱惑力就平白增加了许多。苏州的炒肉团子有好多种，大多形状像半透明的葱花春卷，只是馅料丰富一些，个头也大，疰夏的时候配一杯绿茶，就是一顿上好的早午餐。但要作为午茶点，或是餐后点心，个头就太大了。这种时候，就数黄天源的炒肉团子最相宜。那团子个头小而精细，浑圆滚胖，肚子里装满炒制好的食料，头顶一个漏口花旋涡，上面缀几颗小小的手剥虾仁，实在是很讨喜的。如果明清深宅中的贵妇们也流行集体喝下午茶，那这些精细的团子会被盛在豆青骨瓷高脚盘里，当季的碧螺春在描花白瓷盖碗里绿盈盈飘出香气来，像唐伯虎的画。画里的一个旧梦，苍凉与繁华并存，这也是食物最终缔造的世界，尘世之上的新欢和旧爱。

人间有味是清欢。

朵颐

我所喜欢的苏东坡，生平有两大爱好，一是吃茶，一是美食。他写出“人间有味是清欢”这样的词句，我倒觉得是对上乘的茶与美食最好的褒奖。

禅茶一味，倒非空穴来风，因为最早的茶事的兴起，确实来自寺庙。在唐以前，没有专门的茶馆，要找吃茶的清净地，得去寺庙。修行之人少食缺眠，所以于他们，茶是不可少的提神之物。

茶在开门七事中，排在最末；然而也是最得宠的，用苏州话讲是“拆人家”，因为所费银钱不菲。因为好吃吃穷的人家不多见，因为吃茶败光家底的，倒是有不少记载，我这里指的是茶客中的饕餮。

因此，比起茶的仙风道骨，食物终究是可亲可爱的，她更像是我们的母亲，于口腹之外，还有营养在里面。但如果这么说，茶倒是像红颜知己了。

林语堂就强调：一定要笼络好你的厨子，因为他掌管着你入口的食物。这是中国式的明哲保身。而在法国，厨师之所以受到大众化的顶礼膜拜，最浅显的原因，是高级厨子约等于艺术家，他们制作出来的食物约等于微型工艺品或是抽象画，并且他们学历都不低，在美食专栏镜头前温文尔雅。大卫主持的美食栏目非常受欢迎，他到处旅游，用各地最新鲜的食材制作各种简单可口的美食，有一次甚至在捕鱼船上支起锅子，制作最为新鲜的炭烧生蚝。他也用手指饼干和朗姆酒制作提拉米苏，或者用新鲜橄榄油做松露意大利面条，吃东西的时候都是飘飘欲仙的样子。

到处受人艳羡的职业是美食家。他们擅长把味蕾上的私人舞蹈变化成大众的狂欢。美食家的首要条件是“美”，而后才是

“食”，最后才成“家”。“美”并非指长相，而是具备一定的审美能力，这种能力，来自渊博的知识和深刻的人生经历，以及对于这个世界的独到领悟，恰好他们又十分热爱生活、享受美食，于是天地为之一宽，世界上又多了一个可以以吃为荣、以吃养吃的人了。有一阵子喜欢看殳俏的美食专栏，并且依照她简单的秘方做了一锅红方烧肉，效果惊人。后来妈妈数次效仿，却始终没有达到我的水平（虽然我这辈子下厨的次数屈指可数），主要还是因为没有做到殳俏的下料三大准则：快、狠、准。殳俏是各大食系的忠实粉丝，虽然最为推崇清淡的日本料理，但是对于浓油赤酱的上海水晶肘子，浸在大盘橄榄油里的小生牛肉，还有臭豆腐摊上大罐的香辣粉、海鲜酱，甚至是法国甜甜圈上铺天盖地的糖粉，依旧有着由衷的热爱。她天生爱美，但是不怕发胖，为了一锅红方烧肉，一定要配大碗喷香米饭，或者遇到顶级串烧，会毫不犹豫在排档前站到脚软。我个人认为吃相贪婪又不失可爱的女孩最为讨人喜欢，她们的性情中有非常坦荡质朴的一面。

在马丁·斯科塞斯的影片《盗亦有道》（*Goodfellas*）中，反复出现的是一群男人做饭的情景。他们耐心地把洋葱切成薄片，把上等牛排煎成五分熟，以及煎制可爱的、香喷喷的德国小香肠。他们做饭的样子是如此温和，俨然一个个慈爱的父亲，或是一个个体贴的丈夫。然而，他们是一群冷血的黑帮头目，以加入黑手党为荣。他们做饭的地点在监狱，他们在监狱里最热衷的事情是做饭和打牌。男一号亨利在出狱后再次被捕的时刻依旧在惦记他煮的那一锅黏糊糊的番茄酱，它红扑扑地在煤气炉上泛出甜腻的光泽。在最落魄的时候，人的欲望简单得只剩下了吃。

于是食物成为最神圣的救赎。

二战期间一个漂亮姑娘的价钱是两个鸡蛋或是一根劣质香肠。《长恨歌》里陈先生取悦王琦瑶的方法是黄油煎馒头——那块橡皮大的黄油是他花了一个月的粮票换来的。黄蓓佳书写外婆人生履历的言情之作《新乱世佳人》中，润玉的丈夫冒险为身怀六甲的她准备了一只盐焗鸡——那么粗糙的烹饪，活鸡宰杀后直接扔进沙滩的熬盐锅里捂熟，但是在润玉吃来，这只不事任何加工的鸡比米其林或是香格里拉的任何一道菜都好吃。饥饿的肠胃从来不会挑剔，并且这只鸡还是被灌满爱情的。

《天使爱美丽》中令人印象深刻的食物是奶油泡芙和烤鸡，还有著名的法国面包。吕克·贝松《暴力街区13》里面的烤肠尽管乌黑油腻，但是被那个胖子深情地塞到嘴巴里的样子，让你不免对此种肉渣的滋味心生向往。美食栏目收视率一向不俗，所以很多人靠做菜成了明星，很多过气明星靠做菜来使自己不再那么过气。

不过很多腕儿倒是真的很会做菜的，并且天赋异禀——我也真心相信这个世界上真的会做菜的人是天生的，就像唱歌一样，后天的培养和努力只能让你从三流到二流，但是你永远不会成为第二个王菲或是安妮·蓝妮克丝（Annie Lennox）。知道虹影会做饭后，我开始有点喜欢她，谁叫她厨艺天成，东西料理都做得非常出色，她自诩“伦敦有个美厨娘兼好作家”。一个热爱做饭的女人总是坏不到哪里去，并且还是以会做饭为荣的。这是我最为艳羡的天赋异禀。

最近文艺圈里的一件盛事，就是一帮写字的人轰轰烈烈地搞了个厨房，吃尽天下美食。他们下的帖子里附有菜单：

头盘

鱼子酱蟹柳色拉/醉蟹膏鸭肝酱吐司

主菜

蟹粉鱼翅/阳澄湖蒸大闸蟹

主食

猪油菜饭

甜品

私房宁式布丁配普洱茶

听说王朔也去了，还留下一堆王式美食感言：“平时我老跟家里待着，已经三个月没下过饭馆了。在家就天天自己给自己做饭，韭菜盒、咖喱牛肉、炸酱面什么的。出门的话，因为我痛风，医生说最好多吃鸡蛋、牛奶什么的，所以就只能吃意大利菜了。我在北京总去吃意大利菜和西班牙菜。上一次到了意大利索连托，就感觉回到了久别的故乡，心特痛，站在海边就想往下跳，都是意大利菜吃多了闹的。”

在中国作家群中，比较知名的美食家就有蔡澜、林清玄、沈宏非、古清生、宝爷等人，以及大名鼎鼎的、著有《美食家》的陆文夫老先生。在苏州，但凡对一些作家、书画家稍有了解，就会发现他们对于美食都十分精通，知道怎样亲手熬制一流的虾子酱，以及苏州最好吃的冰镇小龙虾在哪里，聚会的时候会带上一包吴江黑干和自己珍藏的上好茶叶，不一定去最贵的馆子，但一定是地道的。

而江南美食家的翘楚，则首推清代诗人袁枚。袁枚几乎可以让每一个现代的厨子五体投地，在《随园食单》中，他将食物的精神系统化、理论化，并且对于许多餐桌上的繁文缛节做了详细的铺陈。虽然周作人看不起《随园食单》，认为俗，也有人将袁枚比作富人家的厨子，然而，“俗”这个字，讲的就是一个人和他的谷子在一起，有了食物才能拥有我们昌盛的生活。袁枚的八万三千字，其实是给了我们一部优美的生活法门，就这么愉快地庸俗着。和袁枚同一时期的李渔凭借《闲情偶寄》一书亦可跻于美食家之列，他的吃法则多了些道家风骨，喜欢吃笋和菌菇，最爱的肉食则是蟹。明朝名士周履靖玩文弄石之余，对于食物倒是也有很多独辟的门道，比如“藕皮和菱米食则软而甜”“研芥辣用细辛少许，醋与蜜同研则极辣”“梅卤可腌栀子花、萱草花、牵牛花、林檎、藕、冬瓜、葫芦，须得紫叶入则妙”。如果说袁枚是美食界的洪七公，那么周履靖则是黄老邪，而李渔倒是可以做那位出了家的一灯法师段皇爷的。

最后，我不得不提的一个人是刘珏。他是我地道的老乡，生于渭塘，时间是七百年前。渭塘美食源远流长，这一带的婚丧宴席不仅在相城地区，就连在江南一带亦可说是独具特色。用熏鱼、火腿、鸡丝、白果、笋片、瑶柱等食材做成的鸡汤碗，在渭塘人的心里不亚于全国人民都熟知并广为传颂的东坡肉。而鸡汤碗和东坡肉最大的不同就在于，苏东坡的一碗红烧肉足以让他锦上添花，而鸡汤碗的创作者刘珏尽管创造了一个微型的江南菜系，却依旧无声无息（而名冠

“东坡”的肉，在渭塘也有着与众不同的做法：将整块猪肉油炸了，放入白糖，顶端放整朵香菇做点缀，入蒸笼熬炖，到油香肉腻时出锅，口感甜美丰腴，十分江南）。我问过众多的吃着鸡汤碗和“刘式东坡肉”的渭塘人，极少有人是知道刘珏的。

这是一个几乎被历史所湮没的人，我对于他的所有了解，仅限于镇志和互联网上寥寥数字的介绍。后来我曾经努力搜寻过他的相关资料，也仅在沈周的相关传记和一位美籍华裔作家的美学著作中获悉关于刘珏的一点点信息。他被尊为“吴门画派的先驱”，而他的美食家身份，却始终未被提及。在渭塘刘家浜，至今还存留着两千平方米的刘珏墓地，如今长满荒草。而刘家浜出来的厨子，是渭塘最顶级的，因为他们的祖先是刘珏故居“寄傲园”的厨子，一位食不厌精的主子往往可以磨砺出出类拔萃的厨子。

有一位致力于研究刘珏身世的人，是渭塘镇的老文化站站长高家群老先生。几十年来，他几度深入刘家浜，寻找有关刘珏的一切踪迹。关于刘珏的一些细枝末节，我也都是从他口中得知的。我曾许诺要为他翻译刘珏的墓志铭，却因为种种原因，一直没有完成。他亦兴致勃勃地要带我去看刘珏墓，也一直未成行。我对此一直感到歉疚，仿佛一个孩子，攥了未熟透的李子在手里，偷偷把玩着，明知道是食物，却不下口。有一种明知故犯的不安。

那日赴朋友喜宴，请的厨子大抵也是刘珏厨子的后人，吃的依旧是相传了几百年的“八汤八炒”。中席上来鸡汤碗，旁边坐着的可能是外省人，他看到一碗粉粉白白（粉的是火腿肉，白的是鸡丝、白果、冬笋）的鲜香大汤，热烈地举箸之际，问道：“这是什么菜，苏州乱炖？”哗然大笑之余，心里也隐约觉得，渭塘菜还真有认祖归宗的必要了。

送夏

现在的夏天是越来越难过了，不像过往。过往总是好的，我们在回忆的时候，总是添加许多温柔的情愫，因为年岁价值连城，我们可以原谅过往的所有缺憾。回忆的堆积是有选择的，我们已经习惯了自欺欺人，所以过往的荷田分外青，桃花格外香，连恋爱也是无可挑剔的，因为就没有见到过说自己初恋坏话的人。

现代人的胃口普遍没有古人的好，我想这是一个事实，除去食物的滋味，那时候的人吃得清寡也是一个原因。我是不喜欢现在的绝大多数饭店的，靠油和香料吊人胃口，破坏了许多人的身材和味蕾。我也不喜欢吃饭的时候人多，心都在应酬上，照顾不好胃。吃的形式越繁盛，内容就越单薄，最后只剩下一味厌倦。我想这是现代人的悲哀，也是所有年代的人的悲哀。

白菜青盐糙米饭，瓦壶天水菊花茶。这是郑板桥笔下一餐简单的饭食，可入画的。苏州人夏天喜欢吃“茶淘饭”，配一碟子酱黄的萝卜干，或是半枚咸鸭蛋，也是可以入画的。古代人吃茶讲究，在这里，泡菊花茶的“天水”，就是雨水，古籍上称之为“无根水”，可做药引的。现在大概没有什么人敢用雨水泡茶了。茶泡饭也吃得少，即便是酱菜，也是榨菜居多，乌沉沉睡在白碟子里，毫无情致可言。

情致仅存在回忆中。小时候我吃过祖父的酱油白粥，实际上粗陋得很，滴少许酱油浇在热粥上，再加一筷头猪油，香而有味，比现在的方便面要健康，因为只吃过几次，所以觉得其味无穷。其实很多美食吃的就是一个心理，儿童样的盲目而天真的心理。爷爷是个裁缝，头发雪白，从来没有发过脾气，会做真正的、有精致盘扣的棉布衣裳，在我真正成年之前便去世了，我终究是不了解他的。否则，我想，我是会与他有很多合作的，比如说，请他听书，给我做件真正的衣裳，还包括吃顿酱油白粥。后来接触到日本料理，有些吃法，就是在白饭中直接拌入黄油，或者海苔，当然也有酱油。我想我爷爷是有些天分的，至少敢于在一碗白粥里加上酱油，想来他做的衣裳也不会差。

还有一种创意在那个时代非常普及，就是用早上吃剩的油条下酒。酒一般是黄酒，下酒菜还有腌萝卜干和青豆咸菜、皮蛋拌豆腐。油条如果还剩下些，撕碎了放酱油汤里过饭，也是俭约的吃法。吃这样的酒食，通常在夏天，如果有弄堂院落，都会将吃饭的案儿搬到室外，节省天光，还可以吹到自来风。当然，蒲扇和蚊香，以及风油精的辛辣气味也是不可少的，这是一顿晚餐不可或缺的元素。

我祖母，原本是上海大户人家里养着的千金，因为战乱流落到渭塘，嫁了我爷爷，在乡下过了一辈子。因为早年的生活经历，她脾气里是有娇嗲在的，还有一些大小姐的蛮气，这使得她在众多的村妇中显得与众不同。比如说，她会阅读《金刚经》《本草纲目》，会无师自通地使用一些中药材治病。因为这些才能，她被大队委以了赤脚医生的职务，专门给村里的社员看病。她的与众不同，还体现在烹饪上。比如说，她会做城里人吃的花卷，用她药箱里的小苏打。吃完的西瓜皮，她会腌起来，晒干了拌上盐与麻油，就粥或下酒，都很清凉。她还用莴笋和红薯的叶子做过菜，滋味不是太好，但却令人难忘。在腌制咸鸭蛋方面她也大胆，不用村里人传统的黄酒和草灰，而是把鸭蛋放在玻璃坛子里，靠盐水和配料吊味。吃的时候有酒气，味道比一般的咸鸭蛋丰腴。现在她病着，中风，康复的过程中又摔倒两次，只能躺在床上，靠子孙伺候，头脑又渐渐不清爽了，在床上胡言乱语。我父亲去看她，她像孩子一样地撒娇，毫无风致。除了生出大量的悲悯心外，我还想，夏天已经到了，而那样的咸鸭蛋，以后断吃不到了。

怡情

“此物最伤情”，自古说的便是酒。若说怡情之物，茶不可缺，再就是食。

在这之中，茶是一名安静的观者，在世态炎凉中，度一个无我自在。

酒扩张了七情六欲，是为伤；食物慰藉了身，安顿了心，是为怡。伤情是醉态，怡情是常态，如同一个美人在舞台上盛装曼舞，和穿了棉布家居服在家中侍弄花草，哪一个更真实？各圆其说。繁花胜锦的时光终究抵不过安静的岁月流淌。天才大提琴演奏家杰奎琳·杜普蕾迷恋舞台，迷恋烟花纵放的时节，最终，她比烟花寂寞。而她同样从事音乐工作的姐姐，在乡间与丈夫、孩子安静生活，一生陶然。她们如同酒徒与素食者，烟花与楠木，短暂的绚烂与长久的安宁，只能说，人各有志。一个人一生的能量终究有个限度，用尽了力气挥霍一场，和细水长流的淡泊安然，在人生的终极达到平衡，终究还是应了那句话：尘归尘，土归土。我们终究是活在俗世中的人。俗世生活自有它的可爱之处，一个人再怎么清高也离不开食。国外谚语又有言，人就是他吃下去的东西。而好的食物的种种美妙之处，又是人生一大享受，所以我道：此物最怡情。

然而酒有高下之分，食物也有优劣之别。粗泛一点讲，纯正的黄酒最养身，其次是白酒，最后才是红酒。而在食物中，我觉得适口为一；悦目为二；怡情为三，是档次最高的。日本前阵子颇为风靡的“花之宴”，就是吃花朵，据说有养颜功效，举国的女人都在买，照理是非常悦目的。然而花朵的滋味如何，除了贾宝玉，很多人都偷偷尝过，也包括我，究竟能不能怡情，就不好说了。但看“怡”这个字，就是心和口要结合在一起，口舌之欲都未有满足，也就很难天人合一了。而中国人吃蟹的这一传统，倒真是可以将适口、悦目、怡情很好地结合起来，成为饮食文化中的盛事。在《红楼梦》里，便有一群美人吃蟹的场景。连林黛玉都称它“蟹封嫩玉双双满，壳凸红脂块块香”，其受欢迎程度可见一斑。国人食蟹的历史，最早又可追溯到西周时代。从《周礼》和晋代《字林》记载可知，我国已有两千七八百年的吃蟹历史。自古以来，食蟹是一件大有讲究的雅事。早在明代，能工巧匠即创制出一整套精巧的食蟹工具。据明代美食指南《考吃》记载，明代初创的食蟹工具有锤、镦、钳、铲、匙、叉、刮、针八种，一直沿用到现在，在制作上更为精巧。蟹宴在文人雅士中一向大行其风，在这样的宴席中，不仅仅为吃螯剔肉、解馋饕食，而是品蟹、饮酒、赏菊、吟诗。此般风流，也是少不得茶的，一是解腻，二是去腥，还有为的，就是一个妥帖。

李渔盛赞孔子的“寝不尸，居不容”理论，认为这是至高的养生方法，简单点来说就是睡觉的时候要横七竖八，在家的时候姿容可以乱七八糟，归结为一个词就是“舒适”，怎么舒适怎么来，用陆衡老师的话来说就是“只要适合自己的就好”。用自己的话来说，也许便是在合理的规则下，过好自己的每一个当下。

曾经有一阶段爱上了咖喱，这种由几十种香料调制成的浓郁口味，让我对印度、越南、老挝等国家产生了向往。印度电影《叛国者》，有咖喱一样浓郁的视觉冲击力，女主角有一张充满食欲的脸孔，她的美丽因旺盛的生命力而忽闪忽现。她盘腿坐在木条铺就的地板上，碧绿的树叶上放了色泽光润的炒饭，用手指抓饭吃，总是迫不及待的神色，一眼即望到生命本色，这样单纯而诱人的生命。日本电影《入殓师》中，令人印象深刻的则是烤得肥白的、绵甜诱人的河豚卵，至上的美味；还有炸得松脆可口的鸡腿，十分令人垂涎。大悟的师傅一句话点破天机，这个沉默而不失风度的老人说：人生苦短，所以，要吃好每一顿饭。大悟若有所思，从此认真对待饮食，从此人生也多出许多乐趣。心是离胃最近的，你可以从一个人吃的东西中判断其性格，也可以从对待食物的态度上看出一个人很多的性格外延。偏执狂的菜谱总是单调乏味，豪爽的人尝遍百味。热衷于尝试新鲜菜式的人内心动荡不安，热爱冒险。《瘦身男女》中郑秀文失恋后就是靠疯狂进食排解寂寞，最后成为一个绝望的胖子。据说，在二战期间，隆梅尔对垒蒙哥马利的北非之战中，“不可战胜的隆梅尔”失利的一个重要原因，就是士兵吃得太差，大大地影响了士气。

法国影片《冷酷祭奠》(*La Ceremonie*)，亦从一个侧面很好地阐述了食物和性格的关系。女主人公索菲有纤细眉眼，消瘦，金发，并不算十分美丽，但也有三分颜色。若穿上纯色开司米、亚麻布长裙，金发垂肩，她还可以是个俏皮迷人的小主妇。然而她只是个保姆。索菲知道自己的卑贱身份，所以她额外自重。她沉着应对莱利维尔夫人的面试，成功进入富有的莱利维尔家当管家。他们对她十分有礼。她淡然相待。她看到主人家巨大豪华的卧室、华贵的衣物，十分平静，内心是隐忍的。索菲不是怨天尤人的女子，但是她有她的想法。她是不满的，但是尚有自持力。她娴熟地料理一切，制作可口菜肴，洗涤、熨烫衣物。有闲暇的时候，到附近小便利店购买朱古力，那种封面上有清晰朱古力图片标识的。她在自己的保姆房里打开电视，将大颗栗色糖果塞进嘴里，用力咀嚼。她只吃这种零食。

而后她认识珍。这个略略有些神经质的年轻女人在邮局工作，琐碎狭隘，高兴起来的时候像个冷静的疯子。索菲似乎不是很喜欢她，但是她坦然接受了珍的友谊。她们迅速成为好友，像一对天真幼女。索菲到珍家用黄油烹饪，配粗面包制作简单午餐。这是整部电影唯一呈现的一餐，主要食材是野生蘑菇，从路边的树丛里捡来的。

影片最后，索菲在珍的教唆下失控，她们在一个唱着歌剧的夜晚，设计了一场貌似完美的谋杀。她们平静地枪杀了莱利维尔一家——两个大人，两个孩子。这依旧是一个关于自我和失控的故事。欲望和克制，骚动和自持，冷静和爆发，灵魂在无声无息中逐渐走向终结。就像一部索然无味的食谱，渐渐地就让人心灰意冷。

《周末同床》虽然是部含情脉脉的电影，但是从骨子里透出悲情的现实主义来，平淡如水的场景里，有很多温情都是在娟姬于厨房里做菜的时候，或是端着杯子喝咖啡的时候弥漫出来的。她是个下得厨房入得厅堂的神话般的女人，游刃有余地周旋于丈夫和情人间。为丈夫做鳕鱼汤，为情人做豆芽汤饭，每一顿都尽心尽力，毫不含糊。但是她还是让她的情人痛苦。因为她的细致体贴，因为她周密的计划，还有她完美的厨艺，让人崩溃。他爱她。

《情人》这部电影取材于杜拉斯的小说，故事发生在越南的西贡，一个西方贫穷少女和东方纨绔子弟的爱情故事。少女总是索要食物，她津津有味地吃完甜品，而后吮吸着她沾满汁液的手指，她在一桌饭菜前旁若无人地狼吞虎咽。她贪婪的吃相越发显出她的天真和楚楚可怜。

有部惊悚电影《妄想》，大部分的场景都是在一个破落的家。灯光昏暗的餐桌前，一个失魂落魄的女人做了一桌又一桌让人森然起腻的菜。如果每天看一次这部电影，我想很多女孩子都可以成功减肥。

有个叫卢易非的华裔学者写了部挺有情趣的书，叫《饮食男》。他把《礼记》里的话改成了“饮食男，女人之大欲存焉”。显然这本书主要是写给女士们看的。他还在每一则文章的最后附烹饪食谱一张。从仙风道骨的东方道家食物（例如梅花汤饼——将印成梅花状的小面饼与梅花瓣、梅花蕊同煮）到龙虾大餐，再到家常的西式凉汤，花样繁多，并配有手绘图，非常可爱。

朋友小聚，要是人数不多，我们通常就去西餐馆。空气里弥漫着轻柔爵士，或是低沉蓝调，墙上挂小幅油画，有点伪情调的样子。在一群陌生人的窃窃私语中，看书、上网，感觉岁月悠长、绵绵不尽。饿的话，先叫一份翡冷翠提拉米苏或是酥皮汤吃，不拒绝炸薯角一类的垃圾食品。到西餐馆本就是带着肠胃做一次小小的、欢愉的冒险，小孩子过家家一般的任性随意。但是吃多了难免心生厌倦，吃完过后也不觉得酒足饭饱，只是有种“某某到此一游”的寂寥之感。而到地道中餐馆，虽然菜式正宗、环境优雅，然而餐饮已成文化，位置要怎么坐，该说哪些话，菜在哪边上，第一道菜该谁下箸，都有个规矩，从头到尾都需笃笃定定正襟危坐，更何况都是硬邦邦的红木椅子，瘫在那里简直有辱斯文。若是人多，应酬、喜宴，或是团圆饭，则要端着酒杯跟着人潮起起落落，一顿饭吃得精疲力竭。现在私家菜馆在各个城市都开得红红火火，除了菜品独特之外，估计很多人也是为了还原吃饭这一个私密而温暖的行为而来的，虽然私房菜的“私”也许只是意味：我们的菜品都由独家秘笈烹制而成。

意大利菜吃着比较放心，还有一点就是不浪费。下中餐馆子，似乎一定要点冷盘、炒菜、热汤，若是客气些的，还要吃刺身海鲜，一顿饭吃下来，许多锅碗瓢盆不说，主要是鲜有几个盘子是吃干净了的，看着很罪过。若三四人，只吃三个热炒、几碗米饭，纵使拿不到开瓶费的服务生不给白眼，自己也心生惶然，一顿饭吃得心虚无比，仿佛花的不是自己的钞票。

曾经有人说过中国菜是60%的中国人活下去的理由，虽然有点夸大，然而不是全无道理。年纪渐大后，清粥小菜变成最爱，若是几天不碰到白米饭、清爽的小炒蔬菜和小碗的煨汤，肠胃也会私下作乱的。苏帮菜的好处就是精细、天然、健康，我可以毫不犹豫地吃掉一盘松鹤楼的鱼米之乡（米粒大的鱼肉丸子炒新鲜松子肉，用芡粉勾了，虽是菜肴，但是感觉比意粉更像主食），但是断不敢吃掉任何一个饭店做的川香辣子鸡；而从湘蜀地段出来的人，走到哪里都要带一个辣椒酱瓶。一个人的根基，在吃上面就体现出来。吃来吃去，吃的都是乡愁，食物和人生的种种微妙之处，就在这里。

那日看苏丝黄的书，原话是全然不记得了，大致是这个意思：女人在20多岁的时候，一直像穿着不合身的衣服，宽衣大袖的，整日惶惶然，极不体面的样子；长到30岁，衣服刚好合身，便妥帖了。这和对事物的态度也是一样的，不挑剔、不浪费、不迎合，吃自己喜欢的，喜欢自己选择的。

上言加餐饭，下言长相忆。

餐桌上的月亮

我喜爱的苏轼好吃，君子为腹不为目，但这不妨碍他写出“与谁同坐，明月清风我”。苏轼的月亮我很熟悉，“明月几时有？把酒问青天”。在他的诗词里，月亮是个朋友，有阴晴圆缺，有喜怒哀乐，是诗意的存在、人生的无常、宇宙洪荒的理所当然。然而他又写“小饼如嚼月，中有酥和饴”，直接将月亮入口了，还尝出了味道。这就是苏轼。我们为什么那么爱他？他无可比拟的才情不过是一方面，更重要的是他孩童般的纯真和豁达，人性的光芒和各种弱点交相辉映，一派天然，满肚子不合时宜，一辈子清风明月。

苏轼爱吃肉，这是众所周知的。其实他写煮茶、品酒、清蔬野菜的文章更多，但因为东坡肉过于深入人心，就像董小宛擅调香，擅长做有香味的海棠露，做各式精致的熏肉、饵饼，但最广为人知的也不过“董肉”“董糖”；陆羽是个天文、地理、建筑皆出色的全才，如今世人对他的认知是个“茶人”；唐伯虎在现代名声大噪，不是因为跌宕的人生和旷世才情，而是点了一个根本没有存在于同时代的秋香。这种历史残留的片面性和戏剧性有点像被端上桌的菜品，你永远不晓得入口的那块肉，在哪条深海里游过，或是在哪个山谷里游走过，它曾见识过怎样的奇幻异景，或者接受一颗露珠的甘美，在月光下低头，用日照让生命再次升腾。

这首诗更像在写现在的新梅华，它主打的一个品牌，叫“江南雅厨”。是的，它打造的就是一个风雅的厨子，不俗又不瘦。

新梅华做过梅子焖猪肉、山楂煨牛肉、粉蒸肉、红方肉、樱桃肉，皆是不俗又不瘦的。一个好厨子关乎着一个酒楼的生意好坏，小农经济社会里，这种小富即安是符合时代潮流的；而到了某个特定时期，在市场化运作的洪流里，这种“不俗又不瘦”的语境就是“品质、水准、审美趣味、消费性价比”的高配。有次我得悉他们请国家级调香师、茶艺师给所有的服务生做讲座，这是有长远益处的。从近处来说，当年拍摄电视剧《红楼梦》，导演组在前几个月未拍一个镜头，而是将所有演员集中起来，请周汝昌等文学家做讲座，请古琴家教琴，请昆曲名伶教身段，等所有演员有了古代闺秀的腔调，找到感觉，再开机。走进江南雅厨，虽是食府，但心可静，目可悦，苏轼若见了恐又要叹：人间有味是清欢。

一枚清梦

有天突然很想吃煎熏火腿培根，培根在平底铁皮小煎锅里滋滋地冒出热气和香味，旁边堆着炒得黄嫩嫩的鸡蛋。在这个时候，蛋是诱人的。

更多的时候，蛋是顶寡淡无味的东西。然而中国众多养生书籍对这种食品倒是推崇之至，曰：“浓肥甘辛非真味，真味只是淡。”文化大家林语堂先生亦精通美食、养生之道，他认为：“中国最贵重的食品，本身都具有三种特质，即无色、无臭和无味，如鱼翅、燕窝和银耳。”我想，如果全天下的家禽野鸟都改成一年下一颗蛋，那么蛋也完全可以跻身“贵重”之列罢。

蛋的滋味清寡，所以就有了五花八门的吃法。常见的就有西红柿炒蛋、银鱼炒蛋、蛤蜊炖蛋、三色炖蛋（皮蛋切丁，与咸鸭蛋、鲜鸡蛋调和同煮）、虾仁跑蛋、家常蛋饺、鸡蛋碎肉丁塞青椒等。做成点心则有蛋挞、蛋黄派、鸡蛋糕、蛋卷、蛋饼、蛋皮烧卖……就连咖啡馆里的点餐牌上也每每可见“蛋包饭”字样。蛋还可以制成咸鸭蛋、松花蛋、卤蛋，以及将蛋壳染成鲜红的喜蛋，谁家生了小孩就送亲戚朋友喜蛋，讨个吉利。

在江南，最常见的是连壳煮的白煮蛋和去壳煮的水煮蛋。因为简单方便，主妇们常常用一颗鸡蛋给放学回家的孩子做个垫肚子的小点心。在锅边敲开蛋壳，黄黄白白的蛋清蛋白噗一声潜到水里，打个滚便好了，临出锅时撒几颗细盐，有些主妇还喜欢加些切细的葱花，端出来，白嫩青翠，倒也很可爱。奇怪的是，江南人嗜甜，却只做咸蛋；而到了口味咸辛浓郁的北方，却喜欢在水煮蛋里放大把红枣、红糖，这便是著名的糖水鸡蛋。有些地方甚至放上花生同煮，盛出来依旧是一颗蛋的形状，就是不知道这甜蛋好吃在什么地方。

很多国家的孩子都吃过鸡蛋羹。鸡蛋营养，并且便宜。当红模特罗燕初到法国闯天下的时候，一日三餐是八个鸡蛋。据她讲，在法国超市，她不认得其他食品，即便买回来了也无法烹饪，除了白煮蛋。

日本豆腐虽叫豆腐，实际上是用鸡蛋制成的，所以吃起来有蛋味。还有蛋黄布丁，加了芝士乳酪，口感丰腴绵实，对女性尤其好，因为蛋黄富含维生素E，可防止容颜衰老。山东有一种治疗感冒的偏方，就是在滚烫的酒酿汤里拍个生鸡蛋，趁热服用，据说对产妇还有催乳功效。无独有偶，1793年出版的法国食谱*The French Family Cook*中，亦有鸡蛋治感冒的方子：将新鲜鸡蛋用温水打散，可以治感冒，这叫“母鸡的奶”。

小时候看《少林寺》，李连杰饰演的“小虎”落难，被牧羊女的父亲——一个少林武僧教头救得，进补用的也是滚汤拍鸡蛋。励志电影《洛奇》里，史泰龙将一杯生鸡蛋一饮而尽，用来滋补身体。女影星希拉里·斯旺克为了演电影《百万宝贝》时能有一身强健的肌肉，也每天饮用大量鸡蛋清。在电影《李小龙传》中，功夫巨星则将两枚生鸡蛋与新鲜水果打成汁同饮。

除了用作食材，蛋还被用来美容。王安忆作品《长恨歌》被拍成电影的时候，关锦鹏加了一个书中没有的细节：程先生在物资短缺的特殊时期冒险送来鸡蛋，王琦瑶第一件做的事情就是用其敷脸，膝上坐着她的小女儿。这个小小的场景非常之妙，就那么一瞬，王琦瑶在郑秀文身上“活”过来了——靠的还是这个鸡蛋的功劳。

上言加餐饭，下言长相忆

看乐府，读到《饮马长城窟行》，男子外出征战，写了素书放在鲤盒里，托人带给心仪的女子，描述情书内容的但只一句“上言加餐饭，下言长相忆”，这也是全诗的最末一句。数千年前一个男子的情话，与吃有关，是最为原始、真切的爱。

诗里还写：“远道不可思，宿昔梦见之。”

“梦里花落知多少”，爱你的人踏梦而过，千辛万苦之后，终成柴米油盐。食物变成爱的纽带，因为胃是离心最近的。总有人说世界上最好吃的菜是母亲做的，因为她是最爱你的女人。

我外婆做的菜，烂熟、醇厚，毫无创

新，但是木梳糕做得出神入化。木梳糕是苏州乡下的一种点心，糯米粉拍成饺子大小，呈椭圆形，在铁锅里烙得焦黄，最后撒红糖，盖了锅盖煨熟，变成像拔丝土豆一样的拔丝糕，吃多了会“心潮”——这个词恐怕只有苏州人懂。

苏帮菜的根本有天伦的意味在。如果天伦是一种人文意义上的关怀，那苏帮菜真是实实在在意义上的滋养，是直指人心的。

从小锦衣玉食的冒辟疆，觉得与董小宛在一起的日子才算是真正的生活。后来董小宛患病去世，冒辟疆著书诉哀：“余一生清福，九年占尽，九年折尽矣。”其中极其重要的原因，是董小宛对于厨艺的天赋、潜心钻研和对于食物的独到理解。“细考之食谱，四方郇厨中一种偶异，即加访求，而又以慧巧变化为之，莫不异妙”，经她手制的花露、蜜饯、豆豉、乳腐，无不“香气酣色殊味，迥与常别”。她对天然食物的把握，令人赞叹：“他如冬春水盐诸菜，能使黄者如蜡，碧者如菭，蒲、藕、笋、蕨、鲜花、野菜、枸、蒿、蓉、菊之类，无不采入食品，芳旨盈席。”

冒辟疆嗜香甜及海错、风熏之味，所以董小宛荤菜做得也是出神入化，“火肉久者无油，有松柏之味；风鱼久者如火肉，有麂鹿之味；醉蛤如桃花，醉鲟骨如白玉，油蜎如鲟鱼，虾松如龙须，烘兔、酥雉如饼饵，可以笼而食之；菌脯如鸡堫，腐汤如牛乳”。至今，苏、锡一带仍流传着“董肉”“董糖”之说。

董小宛晓得冒辟疆爱茶，他们同嗜一种叫“芥片”的茶，并且多次到产地与制茶者切磋。据说这种茶汤白如牛乳，有婴儿肌肤香，滋味殊胜，因为制作工艺繁冗，现已失传，我们只能在古籍记录中一品其风雅。除了吃茶，董小宛还有一个嗜好，就是用茶泡饭吃，《古食珍选录》中有记：“冒妾董小宛精于烹饪，性淡泊，对于甘肥之物质无一所好，每次吃饭，均以一小壶茶，温淘饭，此为古南京人之食俗，六朝时已有。”这和《浮生六记》中的芸娘倒是有几分相似。大凡清瘦美女，吃得清淡，茶，倒是一味不可少的佐食佳品了。

忘了说，董小宛和芸娘一样，同为苏州人。

地久天长

半园里，大师宴。先给厨师拍照，我按下快门，到潘小敏，他在镜头前慈眉善目，身形消瘦，若脱下白色的厨师衣服，很像一位温和腼腆的中学老师，或者深藏不露的大学教授，或者是研究古生物的生物学家。

午餐时大家围桌而坐。佐餐小食上完，潘小敏走进来，徒弟们说，厨房里用不着师傅操心了，几个人忙不迭地上前拥他坐下。他退到席间，安安静静的，笑容里有一种谦和在，说话也轻声细语，没有一句多余的话，说到会心处眼睛里会有笑意。年纪越大越清澈。这也是许多大师的特质，因为倾情投入，精神内核始终凝聚在心爱的物什上，心神不曾涣散，所以依旧怀有一颗赤子之心。

他做的菜，一道是“富贵煨蹄”，一道是“琵琶虾仁”，前者浓郁质朴，后者精致清雅。

富贵煨蹄，选上好猪后蹄，剔骨存肉，加盐与酱油腌渍一晚，第二日加胡萝卜、西芹等菜蔬调和，包上锡纸，开三袋盐，和入一只鸡蛋后糊在锡纸外，入烤箱，一百五十度烤三个小时，吃时敲开盐包即可。不消说，是创新菜，中菜西做，浓郁、醇厚、鲜香，摩登的派头下衬着老克腊的底子，穿旗袍的妙曼女子跳完狐步舞，坐黄包车去吃宵夜，在汽油灯下吃一碗鸡汤小馄饨；又或者，穿白衣青色棉布裙的女学生，逃过教会嬷嬷的监视，被打着发蜡的男青年约着，去西餐馆吃牛尾汤和焗蜗牛。

说到“琵琶虾仁”，潘老先生先笑了，说自己现在年纪大了，要戴上老花镜才能做，几打琵琶，花了他一个多小时：把打得嫩嫩的虾滑放在长条汤匙里，凝成一条饱满的琵琶的形状，再用调成丝的青葱做弦，做得极其细致，甚至还有琵琶把。新鲜虾仁剥壳，炒得嫩嫩的，甜而透明，装在青椒做的蔬菜船里；配菜是糖渍香菇，先将泡好的香菇切丁，在油里炸香，再加调料与汤收汁，吃起来有一种奇特的韧劲和香味，放在主角虾仁边上，是清新动人的伴娘。

这“琵琶虾仁”的前身，是“孔雀迎宾”，出现在招待外宾的国宴上。用虾仁和蔬菜，做成一只惟妙惟肖的孔雀，仪态万方。他跟随国家领导人多年，除了一手过硬的苏帮菜功夫，还有一腔真心真意，有时出国做国宴，为了保证厨具和食材的安全，晚上他就和衣睡在厨房里。申奥他是有功的，做了一桌好菜，把萨马兰奇吃得眉开眼笑。谈到这次经历，他津津乐道的倒不是铺天盖地的各种赞誉和种种肯定，而是对于不同地方食材差异性的选择和加工效果。就说那经典菜品“孔雀迎宾”，用了北方的海虾，去皮切片摆盘后，颜色更艳了，比起苏州的淡水虾，说不出的好看，吃起来也有一种别样的劲道。北方的白菜甜、细腻，做苏州的“烂糊白菜”，滋味更好。

苏帮菜用料精细，讲究时令，且做工烦琐，对于火候、刀功都有非常高的要求。苏帮菜只只都有故事，亦是佳话不断的文人菜，许多条件和限制，导致了苏帮菜的贵族化，在大众圈子里走得不是很远。潘小敏说，他目前致力于创新苏帮菜的钻研，将苏派食材与烹饪方法做一种研习改良，使得苏帮菜走大众路线，但是依旧保留“贵族”滋味。潘老先生岁数已大，依旧每天要在厨房里工作十多个小时，除了“热爱”两字，很难解释他对于厨房的迷恋。

他入道倒是不算早，在上山下乡之前，没有碰过锅铲，后来生产队派他去帮忙做饭，他一做，就做到现在，且多半时间都在厨房里。

他的菜，有一种妥帖的家常感，一路吃下去，仿佛地久天长。

食物是一种有时间感的东西，比如思念，比如乡愁。如果一个人有乡愁，这乡愁最终还是落在味蕾上，一挥而就的千滋百味，童年灶头的烟气腾腾还在眼前，一转身，朝成青丝暮成雪。小时候落口的食物散在身体各处，头发丝长出来，剪掉，落掉，再长，再剪。回忆涌到心头，末了还是变成日思夜想的一碗桂花糖水芋艿。

所以潘小敏说，学会做菜，做一手好菜，是受用一生的。

归根结底，皆以无为法，当生如是心。

我有一餐饭，足以慰风尘

如同一个好中医可以保健一方人物，一个好的厨子足可以改善一个区域人们片刻的心情；而家中有一个善于做饭的人，则是一生之中长久的福气，像源源不断的温泉，足可以抵御整个世界的寒凉。

吃罢四季宴、花之宴、虾子宴、白鱼宴、大师宴，陶老师说我们今年吃吃寻常人家菜。第一位，便是陆文夫先生的女婿，据说陆文夫是吃了他做的排骨之后才写下《美食家》的，据说。

当然期待。地点选在苏州杂志社，晚餐。我早早便去了，穿了一件蓝印碎花布长袍，戴双鱼耳环，舒服潦草的打扮。吃家常菜，一种是细气女主人做出的，青瓷雅盏，餐前香茶细果，甜羹清汤，精致小菜，简直是要柔声浅笑、屏息静气相待的。另一种则是粗盘大碗，只讲真味，可是要撸起袖子吃的。布袍子可适应一切场合，我做了折中妥当的准备。

终究等来晚餐。陶老师还叫了几名雅士，另有美食界泰斗华老师，大家寒暄几句便落座了。凉菜已备，像极一个家常丰衣足食的味道，盐水鸭、清水毛豆、牛肉、盐水虾、凉拌黄瓜、凉拌肚片、糟鱼、千丝大虾、鸭肠胗干，皆清爽好味、落胃菜蔬，吃下去马上心身一体，像看到王羲之的字，笔笔入眼。凉菜前先有一碗甜汤——大枣百合鸡头米。

然后是热菜，大锅炖的红烧脚圈（猪蹄里最精华的一块），煎带鱼，煨了许多大蒜瓣的红烧黄鳝，糖醋排骨，大锅的煨鸡汤，油豆腐塞肉与百叶包同煮，青菜炒毛豆，猪皮炖海参，辣炒鸡块，另有一道菜肉馅儿大的馄饨。

众菜之中，我尤爱那道盐水虾，一只只细心剪出，每一枚都是精心打扮的新嫁娘，鲜咸之中略加糟料。原料自然是好的，新鲜纯美之中有一种出其不意的美艳，仿佛可以看到六月里荷风清凉的湖面，采莲女含笑半拂袖，不过惊鸿一瞥，已消失在无尽的绿意中。

林文月的《饮膳札记》写得又朴素又美味，她道：“行家多能在寻常小菜间辨识厨者之用心。”食者，良人也，烹饪为二，好料为一，其三是吃客的磊落与投机。

长洲苑绿柳万树，齐云楼春酒一杯。

乡味

人的记忆是很有趣的，回忆事情，首先想到的往往是些无关紧要的地方，就像随手抽到的数字。比如七都，我现在已经离它很远了，隔河相望的距离，比起“只缘身在此山中”，看着反而更为真切。

记忆从一条河开始，那是一条江南中规中矩的细小支流，蜿蜒中有暗青与水绿。河两边是人家，典型的依水而建的江南居落。河流的秘密，和江南的生活一样，是精打细算，不失分寸的，尽管河道拥挤，船只、木舢板、布满青苔的笼框，错落有致。还有许多的盆栽花朵，放在窗台或是甲板上，是七都人的罗曼蒂克。

我走在岸边，看得津津有味，像闯入宫崎骏电影里的神秘村落。问那些笼子是什么，尼楠答那是蟹笼。蟹笼？还当真是第一次见。其他地方养蟹，圈一个湖，边上用橡塑纸包起来，下蟹苗，大量的蟹苗，让它们挤在一起密密匝匝地生长，一个人守着一个湖，定时投放食物。七都养蟹是真有趣的，像养宠物，带在身边随时照看，精雕细作的。这样养出的蟹是否要比其他地方小资一点？吃起来不晓得能不能吃出江南的富丽温实来。

我显然很喜欢这条河，这条河边的小巷，以及河边的人家，是清洁而富丽温实的，若要养老，我倒是很愿意在这河边置一幢房子。尼楠撑了把伞和我一起走，因为是休息日，她穿了一条长裙，初夏的藕荷色，与这个地方很相宜。她是个美丽的姑娘，让人心平气和，有时候也能激起孩童一样的快乐，那是真快乐。

到河边的人家去吃茶，雕花藤蔓铜栅栏，青瓷小瓦，八仙桌与西洋沙发，落地长窗帘，紫罗兰色，暗金滚边流苏。七都的人家，殷实中有一种老实的娇俏在，出人意料的美感是令人适意的，是一种稳妥的审美。连人也是。

吃七都的茶，当然是熏豆茶。说那是茶，更像是一道汤，或是一碗羹。茶汤里除了熏豆，还有切碎的鲜笋干、芝麻、豆腐干，甚至桂花，还要佐以各色鲜果和花样小吃。没有固定套路，基本上根据主妇厨房里的存货自由发挥，有什么吃什么。然而有一样是不可缺的，那就是吴江的豆腐干，若吃不到，就像特特兴致勃勃地去全晋会馆听昆曲，演员却忽然失了声，变成一场默片。当然，观众也不见得就会立刻抱憾而死。

据说这熏豆茶，源自水上妇女的聚会，后来变成七都人普遍的下午茶，也有上午吃的。苏州人喜欢管喝茶叫“吃茶”，到了这里，是真正地名副其实了。

字里

水流静长，长物释怀，一盏茶祭奠半个轮回，也许这就是幽居的可爱可恋之处。强大的世俗硬壳之外，我们是脆弱彷徨的，如同一切坚硬而凶猛的动物。所以何处傍依？总归寻一个静美之所。

我喜欢拆字法，因为汉字包容了一切。李渔在《闲情偶寄》里写器盏，却独独讲了半天文字。理解这种对于文字的崇敬心，亦是通灵，这个灵，是万物有美则灵。而美，是排在真与善之后的。

他说，碗碟之中最忌用者，是有字一种——“惜字一千，延寿一纪”。倘若写在纸上，尚可焚而拜之；若在器盏，坚不可摧，碎裂丢弃后，或受人践踏，流入污秽之地，皆是极大的罪过。古有曰“见字如晤”，千丝万缕的，皆在字里行间，是珍重的情谊，也是载道之物。书帛流转，造化世间，提笔抒胸意，闭门即深山。

园林

许多宅子隐在世间各处，像汉字的静默，细细读来，里面山高水长，别有洞天，这和我们的精神底色是契合的。许多深宅大院隐在低低的白墙黛瓦后，富贵人家不经意的奢华，有一种自持在，且取舍有度。

我还是比较欣赏苏州园林的审美，有一种深明大义在，是被彻底满足过后的松弛。所以苏州人的平常心并不做作，他们很容易满足，这种满足并非不思上进，而是明晓万物有度。一个恭谦礼让的人，穿衣打扮必然不会夺目，有一种平实的赏心悦目在里面，每一个细节，都是经得住把玩的。而建筑和人是一样的。

苏州园林是一幅写意中国画，中国画也不是夺目的。现在人推崇高级灰，苏州园林就是一种灰，晨曦薄雾的灰，烟雨迷蒙的灰，散淡至极的灰，重峦叠嶂里有一种寂静的空旷，这和苏州人的心情是契合的——缘起性空。苏州人敏感的知觉里不会有一种欣欣向荣的富丽之色，富丽一向不是他们缺失的，于是褪了色，变作一种细水长流。琵琶春琴烟云生，莺啼燕语里，说书先生刮辣松脆一个拍板，日子就变得可靠了——于高潮处戛然而止，只剩下温和的静默，像恰到好处的笔墨，褪色的朱砂印。这是苏州的精神底色。

所以苏州是可以入画的，“曲径通幽处，禅房花木深”，这是苏州；“姑苏城外一茅屋，万树桃花月满天”，这是苏州；“长洲苑绿柳万树，齐云楼春酒一杯”，这是苏州；“君到姑苏见，人家尽枕河”，这还是苏州。而骨子里的苏州是“江南无所有，聊寄一枝春”。

这是苏州独有的闲情：做一个闲人，对一张琴，一壶酒，一溪云。

初见

雨天，于苏州而言，总是很妥帖的。它灰白的墙、黛色的屋瓦、雕花的门壁、那些藤蔓葱郁的绿植，似乎都为了充盈的水气而来。无水不苏州，下雨更是别样的街头的精魂。

我与一位朋友约在初见书房，坐了临窗的位置，西式雕花木椅、绣花中国红靠垫、橡木小圆桌，窗户半掩着，水帘在外，屋里有咖啡浓香，再点一客芝士蛋糕、奶油松饼，在这清代的老宅里，一顿西式下午茶，也很妥当。

那初次到来的朋友，因为迷路，问了街边一老妪。她热心地将朋友领到门口，一路讲着这老宅的故事。临别时，她告诉朋友，自己是潘家后人，年幼的时候，便住在这里，如今，她已经九十多岁了。

又有一日，我在老城区的一个小餐馆里，等一个朋友来吃饭。雨下得淅淅沥沥，我在二楼临窗的位置上隔窗望河。那窗已老旧，我把手搭在木窗框上，腕上镯子雪白，雨帘如珠，我坐在那里，心里异常安静。

她终究到来，和我想象的一样安静。点了太湖白鱼、银鱼莼菜汤和时令蔬菜，没有喝酒，只是饮茶。一餐饭吃下来，窗外落雨照常。

于是撑了伞走路，一路走过去，带她去一个看雨的地方落座，和她讲解路上的种种店铺，文饭小筑、停云香馆、随园、伏羲会馆，皆是故事里走过来的人与物，平平淡淡，却也浓墨重彩。

印记

对于过往留下来的东西，人们总是存着过多的期待，尤其是城市、街道、河流，仿佛历史的手就应该将它们抚成理想中的样子，否则就是失望，深深的失望，像挥之不去的乡愁。然而愁在哪里？谁也不知道，只有故乡模糊的影子，一个深深的旧梦，刻在暗夜的梦里。

平江路就是这样子的，曾经它被遗忘在梦里，如今拾起，谁都不晓得它应该是一个怎样的面貌才是好的。它骨骼里的安静和衣衫的日渐华丽，华丽中捉襟见肘的俗艳，俗艳中浓墨重彩的旧日的瑰影，印在河道的逝水里。过往用一个苍凉的手势，终止了我们的想象。

平江路已经与人分不开了，游人是它的血液；它充沛的元气，来自如织的人群。更多人怀念它往昔的恬静，红尘繁华隐在寻常日子里。王熙凤用十几只鸡来配的那一味茄子，不过是下粥菜而已。平江路的过往，因为现下的瑰丽，便有点无从说起。那些潘宅的故事、那赛金花、那些状元及第，如今都散在平江路夏日有着淡淡白兰花香的空气里，静静地存在，又不可触摸。于是颔首，低眉，且念一卷《金刚经》。

现世

有日走在老街上，阳光很好，似乎风里有柳絮，柳絮是棉花糖的气味——实际上棉花糖是没有气味的。整个世界几近透明，各色物件又鲜艳得像镁光灯下布置好的电影场景，活生生让人想到“光怪陆离”这个词。眼睛所到之处并不代表着真相，所谓眼见为实，说的其实是个片段，只有横截面，没有因果，是断层的臆想。真相的内核依旧埋伏在时间与空间的交错里，像被焚烧的花。

有个上了年纪的男子推了一个木头板车，板车上铺几张大蒲扇般的碧绿叶子，衬着一大捧野果。那果子在日光下呈现出鲜艳的绛紫色、湿润的暗酒红，因为新鲜，皮肉绷得紧紧的，浆液几乎要爆出来。很明显我被这种不知名的野果吸引了，几乎可以嗅到浓郁的果香。虽然买到手后发现，实际上它是没有香味的，但我明明回忆到童年时那巨大的桑葚树上绛紫色的果子的香气，一瞬间，仿佛时空逆转，光阴倒流。

色是幻象，味是心相。

吃茶、赏花、看月、听风、观雨，在一炷香里走完一段人生，用声色香味触法，贴合某一种虚无。

这是现世的本相。一味当下。

未央

苏州是清晨，是将暮，是月光里的邂逅。它的现代与高级，只属于白昼，浮在苏州意象之后，构造出一个未来的乌托邦。

天光落幕了，家家店铺透出温暖光彩，这时候，自我才浮出水面，如同女子回到闺阁，卸下妆容，散开青丝，换上一件丝绵退红衫，素手净茶，在评弹的余韵里，剪那窗下灯花。

这是苏州的某一个真容。

沙弥一念间，沧海桑田。

深夜食堂

仿佛食堂里的师傅就应该用大茶缸子喝水，绿森森的一杯子茶叶，苦涩、浓稠、杀念，所以他们能烧出香喷喷的红烧肉、大块的炸猪排、饱满的百叶包、大锅汤——这样笼统而毫无个性可言，是理所应当的。

白塔东路文创园里有家八年级食班，很低调，不过六七平方米，门口放个旧课桌，搁几个锅、碗、瓢、盆、旧饭盒，还有一辆破单车，黄格子木门、绿纱窗，旧日公寓的做派，倒是有点像米铺里养着的大阿姐，家常青棉布罩衫里隐隐露出朱红牡丹夹袄的一角——虽然那夹袄已经被洗得褪了色，却依旧有其风情在。

有日果真去吃了，一同去的还有做音乐的王老师，他是喝红茶与咖啡的，但是走到这里，却也觉得相宜。点了炸猪排、百叶包、咸菜宽面条、青菜豆腐汤，其实他们也就这几个菜。裹猪排的面粉很厚，百叶包蒸得起一角焦皮，面条上浮一层菜油，青菜豆腐汤清汤寡水，果真是读书时候的食堂味道。

王老师一向食量小，穿得精细，人也消瘦隽永，像民国旧物，那日把脸大一块的猪排吃了，然后又大喝面条汤。收银柜是个讲台，老板娘还年轻，戴个塑料发箍，生着粉团脸，穿件粉青棉衫小碎花家居裤，在那里吃瓜子。挂壁黑板上写着菜谱，招牌是猪油菜饭，八元一碗。碗是幼儿园里摔不烂的搪瓷碗，碗边印一朵青色莲花，粗枝大叶的，倒也可爱。

这种碗，在小时候随处可见，衍生产品还有搪瓷杯。倘若父母是双职工，吃食堂的时候，如果要添个蒸菜，就少不了这种经常被碰掉瓷的杯子。读小学的时候要是家远，就要自己蒸菜蒸饭吃，许多同学的午饭就靠一个铝饭盒、一个搪瓷杯。饭盒里千篇一律都是米饭，也有别出心裁的母亲切了蔬菜与咸肥肉丁，做成菜饭的，或者放些山芋块和荸荠，甚至是红赤豆、鸭血糯，做成五谷食粮的，然而大好江山还是在那几个小小的搪瓷杯里。

我吃蒸菜的时间不多，也就是小学六年级的一个学期。每天早上，妈妈帮我把米淘好放在铝饭盒里；学校里也有菜卖，然而她还是愿意帮我多准备一个搪瓷杯，里面放好新鲜肉块和青毛豆，还有切片冬瓜。有时候是黄豆炖猪手，有时候是毛豆肉饼，有时候是咸鲜猪肉一起炖，再加切片萝卜。因为菜钵密封，汤汁不多，搪瓷杯里的滋味总是很好。到午餐时间，女生喜欢聚在一起，要好的几个就交换菜品吃，我吃到过几次味美的，至今难忘。一次是我一个远方亲戚，与我同岁我却要叫她小阿姨，她的妈妈手巧，经常做各种菜干腌肉，所以她的搪瓷杯里经常会有茭白干炖咸鱼，那茭白是切细了再晒干的，与肉质干净坚硬的鲢鱼干一起清炖，吃起来有一种奇异的香味；再有是她妈妈做的蛋饺，金黄饱满，边缘焦香，千刀肉里裹了葱花，都是结结实实的材料，蛋饺下铺着切得细细的大白菜叶，自己家里种的，一开盖就感觉富足安康。还有一次参加“少代会”回来晚了，没有午饭吃，一个同去的学姐给我吃她妈妈做的油豆腐塞肉，加了酱油烧的，我吃后再也忘不掉。也有同学蒸臭豆腐带来，上面打一个咸鸭蛋，也是好味。

那个时候的小学食堂还是小食堂，做的菜也比现在好吃。因为带蒸菜的多，所以食堂不用供应太多菜品，还是用小锅炒菜；大锅肉做得十分出色，经常有老师用饭盒整盒整盒地买回去吃。做菜的阿姨我熟，是舅舅一个朋友的老婆，长得干干净净，也会穿衣裳。饭灶间边上有间狭小但是明亮的休息室，午餐时间一忙过，她就闲下来了，在一个旧课桌上铺了细白棉布，开始串珍珠首饰。她做了很多珠花，戴在头上的、小枚的戒指，有一次给我串了一个袖珍的灯笼。她的女儿也美，比我小两岁，聪明和顺。这个阿姨经常切水灵灵的生白萝卜给我们吃，大莲藕粗细的萝卜，去了皮，放在长条盘里，像个窝窝头，咬下去有一股清水气，她说吃了对嗓子好，可以不感冒。

当时食堂里还做一种油饼，大约是供应早饭的，从来都是自己做，和外面卖的滋味不同，略带甜味，香酥中有一股子韧韧的嚼劲，吃起来很有回味。离开那个食堂后，我再也没有吃到过那么好吃的油饼。有次看古籍食谱，有一味“晋府千层油旋烙饼”，做法是这样的：白面一斤，白糖二两（水化开），入香油四两，和面作芥。擀开，再入油成芥；擀开，再入油成芥；再擀，如此七次。火上烙之，甚美。

为何是七次，而不是八次，也不是六次？我想和古人对七的喜爱有关系。“七”在古代是个玄妙的字眼，《汉书·律历志》有载：“七者，天地四时人之始也。”旧时人死后每七天为一祭，直到七七四十九天；佛教中有七宝；就连《圣经》中上帝造物的休息日也是第七天，我想这与古代人的调息与养生都是相容贯通的。食物是最终的自己，这已经被科学认证了，因为每七年，我们人体所有的细胞都会完全更新一次。也就是说，每过一个七年，都会产生一个全新的自己，而这全新的自己，都是由我们吃进去的东西堆积而成的。同一个食堂的饭食造就了那么多形形色色的人与自我，想想真是不可思议。深夜中的食堂，因此散发出颇为神秘的光芒。

豆食闲话

茶食当中有豆，像芸豆、青豆、绿豆与红豆做成的糕点。有次我吃到日本的黑豆，花生粒大的一颗，酥而丰绵，并不甜，所以不至于使人腻，配下午的红茶是极好的。

日本仍保留有在立春的时候撒豆驱邪的习俗。中国原也是有的，源于汉代，在婚礼上用得多，也是为了驱邪。有些豆倒是一直吃，像黑、红、绿豆，煮成粥，打成浆；有些我们倒是吃不大着了，比如开花豆。

于开花豆，我是很存着些记忆的，这种豆做的食品，就是把成熟的蚕豆放在油里炸过，炸到喷香松脆、豆壳开花，再撒上盐粒，吃起来酥脆干爽，和磕瓜子一样让人欲罢不能，但是容易吃胀肚子。小的时候，它是常见的零食，每个孩子都吃，还会因此结交一些朋友。其中就有她。

那时候我爱到她家院子里去玩。她家不大，厨房连着西厢房，厢房里挂一张她外婆年轻时候的黑白照片：竹布旗袍，盘扣上吊朵白兰花，乍一看像周璇，是个十足的美人。美人早就驾鹤西去，留下一个孤僻清瘦的外公，壁角落攒一摞摞的报纸，叠得是那样整齐，简直让人不忍卖掉。她们家不穷，但是节俭干净到了一定的程度，连牙膏管都卷成一个紧实的小筒，码在一个塑料袋里，等收旧货的人来收。有时候我爱他们这样克己的秩序、认真的态度、清洁的癖好，甚至略带小家子气的谨慎。这是典型的中规中矩的旧时家庭，一分一厘都打算着花，孩子们都乖、顺，忍气吞声，谨小慎微下积攒的都是小家小户的平安是福，是万千城乡家庭的缩影，也有它的可爱之处。

这家的女孩子生得美貌，自小就是粉脸颊、扎蝴蝶结的标致姑娘。长得好的孩子都比较有自信，所以她较为活泼一点。她上面还有个哥哥，也和她一样圆脸蛋，大眼睛，长睫毛，红扑扑的唇，可不知怎么的，长着长着脸相就变了，变得有点苦相。大概是被长子承受的期待压迫着的缘故，又处在青春期，唇下淡绒毛变粗变黑，这张脸就变得有点沧桑，让人有点捉摸不透；有时候定睛一看，又看透了——是一张没有主见的、善良的脸，用诚实打着底的、被时光淹没的脸。

我和这家的女孩子要好，那时候我们都是七八岁的年纪，处在日日是好日的岁月，都扎马尾辫，吃泡泡糖，背各种广告词，觉得时髦。下课的时候一起踢毽子、丢沙包，放学后手挽着手回家，把零花钱合起来买零食吃。精打细算的，日子过得有滋有味。

那时候离她家不远有家副食品商店，应该是国有的。店员穿戴得也干净，虽临近中年，但是看上去新鲜艳丽。我看她一直有种高山仰止的感觉，也是因为她对于自己外貌极有自信，产生了一种压人之势，我除了对她有点怵，还有点艳羡在里面——儿童对于俗艳的美的崇拜。店不大，临河而建，门面朝西，店门口完全敞开，采光很好，半人高的食品柜把她隔在里面。她穿一件猩红毛衣，戴一副白袖套，支着胳膊看杂志，有时候也磕瓜子，瓜子壳整齐地盛在一张废报纸上，和她说话的时候能闻到坚果香味，也有奶油味。我总是事先把要买的东西想好，打了腹稿再说，不想露一点破绽，想博得她的好感，有时候又有点疏离她的清高——儿童的奇异的自尊。

我们几乎每次都买开花豆。店员从柜子里抽出一张事先裁好的报纸，卷成一个三角筒，麻利地打开玻璃小柜，用食品铲子挖一勺放进去，再迅速压捏一下，报纸就卷成了一个妥帖的纸粽子。我和小伙伴付了钱，一路吃回她家去。

我们经常在她家的小院子里吃开花豆。院子里有栀子花、蔷薇、鸡冠花、杜鹃花、烧饭花。院子里还有一个小沙丘，也许是建院子的时候遗留下来的，已经有很多年了，但是似乎从来没有人觉得碍事。吃完豆，我们就用沙子过家家。童年的一天天，就这么过下来了。

小时食代

一盏茶可以喝尽我们的人生，调茶的水从万象中来，用来泡的茶叶，谁能说它不比我们任何一个的人生长？它们与我们每次的相遇，都有渊源；每一次的滋味，都不尽相同。

和我们远去的回忆一样，是隔着时光的缘故，千山万水的，就有着游子的乡愁在里面。虽然我从来没有远离过这片土地，但是旧脚，它一天天渐行渐远，苍茫间，背影就变得分外动人，是情人眼里出西施。

小学在老街东首，延绵至北的沿河半街的里弄，和那些年代的所有老校舍一样，平房、黑瓦、青砖盖地，四四方方的校舍当中有一片空地，一半栽了绿坪当操场，另一半通常都要建有石头条子的紫藤廊或者葡萄架。我们学校种的是葡萄，而且那葡萄已经有相当的年头了，枝干粗壮，临近地面的部分被无数孩子磨得溜光水滑，是上好的吊床和秋千。到夏天它便枝繁叶茂，一手遮天的样子；到冬天它也很优雅地垂首，看上去并不孤寂。那几株树是慈悲的。

对于小学的记忆，我停留在眼保健操上，那快乐高亢的女童声音又刺耳又动听——到初中的时候变成一个温柔沉静的女声，听来也不错。那时候教我数学的男老师正在追求我的一个亲戚，他主动承担了我的午饭问题，还把我那个亲戚一起约来吃。有次汤泼翻了，他就用我的一顶帽子擦桌子，那帽子是橘红色的，纯羊毛，手工钩花，一端有朵大雏菊。这个事件并没有影响到他们的关系，后来他们顺利地结婚了，我一直为我的帽子保持着沉默。

我认为我的学校挺好看，但是地势低洼，下雨的时候教室里就进水，青砖地上跳着青蛙，孩子们欢呼雀跃，现在想来真是美好景象。

放学的时候，学校门口就有形形色色的小吃卖，大多是农妇挎只竹篮子，上面盖层白棉布，里面放着洗干净的胡萝卜或者西红柿，也有人兜售劣质的泡泡糖和零散蜜饯。其中有个人是个老头，印象中他总是穿件深色棉袄，面目不清，逆光背靠墙角坐，脚边放一只扁口铁锅，锅子里是一颗颗豆大丸子，是面粉烘焙而成的小点心，嘎嘣松脆，味道就像我们现在的旺仔小馒头。他按颗卖，一毛钱可以买一把。我很爱那味道。

那时候上下课都敲钟，钟声出自传达室的老爷爷之手。我对他无甚印象，但对他的茶缸印象深刻：乌黑搪瓷茶缸，里面结满茶垢，茶叶放得非常多，乌沉沉半杯，不像喝茶，更像吃菜。这茶杯一直放在传达室窗口的显眼处，变成一个标记。但是，据说这个老爷爷某一天心情很好，就给自己温了一壶黄酒，煎了一条青川鱼，美美地吃了一顿，第二日，便被发现死在传达室内。据说，是青川鱼诱发了他的哮喘，他不治身亡了。

由此我对青川鱼一直有种复杂的感情。

一方面，我喜欢它的味道；另一方面，又对这种味道抱着“我不入地狱谁入地狱”的悲壮心情，虽然不至于过把瘾就死，但是每次吃到这种像橄榄一样两头尖尖的饱满又瓷实的鱼，心里就会映出昏暗灯光下，一位老人就着温黄酒独酌的景象，不免有点日暮黄昏的悲凉。后来看到小津安二郎的《秋刀鱼之味》，释怀许多，更何况它又被周杰伦唱进了歌里。“一朝春尽红颜老，花落人亡两不知。”这种味道就变得有点扑朔迷离。

有日同学聚会，我偶尔提及这两位老人，同学们竟然一个都没有印象，连我都不禁怀疑自己对于过往的记忆了。然而谁都无法论证过往的真实性，因为存在于脑中的印象，有时候比真实更为真实。

时光往处

老照片里有温暖的旧色，像乡间晚霞将落时的那一抹光，把农家的丝瓜花和扁豆条都照了个金碧辉煌。在那个时候，家家户户都搬了太爷爷时就在用的木头矮条凳和藤靠椅出来布置晚餐桌，那桌子也是老得看不出原来的颜色了，最早也许是上过红漆的，上边供着龙凤花烛和三牲祭盘，现在它只一味端庄地沉默着，任主妇往上面摆丝瓜炒毛豆、酱油茄子、清蒸鲢鱼干、咸菜烧百叶，还有一大壶用来泡冷饭的凉茶。毛毛头们都洗过澡了，晒得黝黑的脖颈里被年轻的母亲匆匆抹了几把雪白的痱子粉，蹲在吱呀作响的藤靠椅里吃一段黄瓜。女孩子们则湿漉漉地披着头发，穿小碎花棉布衫。那时还没有精油，家家洗澡都习惯往澡盆里洒花露水，此时刚好散发清淡香味。老人手中握着蒲扇，不为纳凉，是为驱赶想象中的蚊子，不时地拍拍腿脚，这成了乡间晚餐和纳凉的仪式，虽然桌下点着大盘蚊香。江南的民居错落有致，左右逢源，首尾呼应，吃晚饭便像摆了龙门阵。当家的男人朝南坐，孩子和狗在桌下跑着，谁家饭不够了就吆喝一声，自有饭多出来的人家拎个饭筲箕过来；也有人家特特地多做了猪油渣烧咸菜，每家桌上都分到了一碗，只是因为他家孩子喜欢吃百家饭，一到晚饭时间就到各家隔壁相邻桌上趴着——隔灶头的饭香。

这幅残照在心中的图景是老照片的精神底子：朴实、坦荡、干净、温暖、动人，还有很重要的一点，那便是郑重。这和旧时的吃穿用度是一样的，一把草蒲扇也小心用着，千修万补的，就是塌皮烂骨了也不会扔，还可以在灶头里烧一把火，暖个饭香。

以前的老照片都喜欢挂在玻璃镜框里，像攒家当一样攒满了一个框子，便隆重地挂出来，在客堂间里稳坐江山，下面贴着家里孩子的奖状。这是普通人家屋里面最理直气壮的装饰品和履历表，几乎是可以用来代替家谱的。相框里簇拥着孩子还是团团脸时的照片，他笑得龇牙咧口的；抱着他的大人也是一副喜不自禁的样子，然而也得忍着。谁到了相机前都不能失态呀，又是一大家子人，谁家照相不把全家都照上呀，要不简直就是浪费。背景通常是自己家的房子，土墙黑瓦，然而再难看也是自己的家呀，几个孩子往跟前一站，再歪斜的房子也是可亲的。边上一张就是孩子们高而瘦削的样子。他们穿着过大的衣裳，有些不体面，然而喜气洋洋的。在相机前，谁都喜气洋洋的，生活中最好的时光都浮出了水面。女孩子绞着麻花辫子，男孩子的头发也梳得光光的，通常是几个挤在一起拍，排得齐刷刷的，是在拍照前彩排过无数遍的造型。再过去一张，孩子就一个个长大了，开始有单人照片出现。男孩子参了军，从部队里寄了照片回来，方眉大眼的，戴着雷锋帽，那真是英俊。又有女孩子长大了，要谈恋爱了，见面之前先给张照片，那是要母亲或者要好的姊妹特特陪了去照相馆，慎重地照了，回家后心里又感不安，总觉得拍照的时候表现不到家，遗憾的地方一定有许多。纠结了好几日后，终于赶早拿到相片，又羞又笑，觉得果然照丑了。

其实挺好。

那时候拍的照都是一个模子里的造型，脸朝一边微微侧着，冬天的时候用一块围巾包着头，使脸型恰到好处地露出来，夏天的时候则是两条溜光水滑的大辫子垂在胸前；也有大胆的女孩子烫了时髦的波波头，在相机前扭捏不安地笑着。然而从来不会有笑意浓重的照片出现，也许照相师傅觉得那样子太过轻佻，或者就是为了弥补对拍照这件事情的过于重视——月盈则亏，凡事太用力了往往会适得其反，所以眼神永远是看别处的。

说到这里，才开始说我手头的这张老照片。那也是因为我个人觉得如果一开始就切入正题，就有点无从说起的感觉。或者也是觉得不够郑重的缘故，就像听戏，主角出场之前先要有小旦来唱个段子暖个场；请人正经吃个饭，热菜上来之前先摆几盘小碟方才显得客气。

照片中理西式三七开发型、穿黑呢中山装的男子是我的祖父；挽清水齐耳短发，穿暗蓝底白碎花大襟棉袄的妇人是我的祖母；她怀中抱着的那个男孩子则是我的父亲，他穿斜纹布大襟小棉袄和背带工装裤，头发特特地和祖父的梳成一个式样，令人莞尔。也许是不大照相的缘故吧，我父亲眼中有恍惚之感，即便是若有所思也是简单美好的，仿佛刚出屉的新鲜豆沙白馒头上点的一个朱砂印。我真想知道幼童眼中的世界是如何的。他们的可爱之处就是对于重要的事情不重视，所以自有一种拙朴超然之态，那便是他们所有神秘吸引力之所在。那年我父亲大约五岁，从时间上推断，应该是1960年前后。

这张照片，摄于苏州火车站边的一个小照相馆里。从我童年听得的一些故事中推断，应该是祖父抱着父亲送祖母去上海，临行时，拍了这么一张照片留念。因为这一去，就是一年半载。祖母是去上海帮佣的。

为何去上海？那是因为上海有些旧相识在，介绍的人家也都是知根知底的，令人心安，人也自在。我祖母是经历过一些事情的，所以身上有一种果断决然的气质，在日子最困难的时候，靠帮佣让家里渡过了一些难关，所以难虽难，孩子倒是一个都不曾饿着。然而当中夭折了一个女孩子，接到消息的时候，她正在上海逼仄的弄堂间里洗一盆衣裳，她哭了又哭，然而一盆衣裳终究还是洗完了。

我祖母她原是上海一个富商的女儿，七宝镇上的大半产业都是她家的。我幼年时祖母经常带我去看望一户住在上海的人家，那家的丈夫生前便是我祖母家的司机。日军侵华那阵子，祖母一家大受波及，一夜间家破人亡，流离失所。那时我祖母只有十一二岁，在她哥哥的庇护下一同逃了出来，后来又与其失散，最终辗转找到长姐，从此跟了她生活。那时的祖母不再有用人伺候着，亦不再是千金大小姐了，而是成了长姐家中的一个小食客。她的长姐有着几个孩子，又断了祖上的根基，家累很重。祖母长到十六岁便有了自己的主意。那时我们渭塘有一个老阿姨在她长姐家做保姆，渐渐地就说起有我祖父这么一个人：眉清目秀的，人实诚，是个小裁缝，会手艺，不用担心饿到肚子。跟着他，一辈子虽然不会大富大贵，但是平平安安才是真呀！后来我祖母随着这个保姆阿姨来到了渭塘，嫁给了我祖父。这个保姆老阿姨我还见过，是家族老亲，她过世的时候我亦去吊唁，那个时候我已经读小学六年级了，算来这个老阿姨也是高寿之人，是喜丧。

这张照片，连同其他的一些老照片，我父亲十分珍视，在前几年就拿去照相馆做了个塑胶封子套着，算是一种保护。这次我为了写这篇文章，把些老照片拿去扫描了，回来时他竟然一下子就发觉少了这张。我答估计是落在机器里了，不会丢失，也不会损坏，他才稍稍安心。其实我父亲从来都是个豁达之人，对这些小东西如此上心，倒是我始料未及的。静下来时心头辨辨滋味，其实是他逐渐老去的缘故。生命是一个圈，暮年连着童年，他掌心握着的，就是童年的温度。我看着他泛白的鬓发，心下悲戚。生命中残酷和慈悲并存，沙弥一念间，沧海桑田。

我祖父在暮年的时候，头发雪白，声音很大，是个可爱的老头，喜欢听说书，走到哪里都挎着一个木头匣子似的半导体收音机，说书先生的声音稀里哗啦，十分热闹。在身体健康的时候，他就为自己备下了寿衣，还给子孙做好了孝衣。雪白麻布、大襟盘扣，一条条腰带针脚细密紧实，是倾心之作。也许他无数遍想过这些衣服穿在他的子孙身上的样子，又或者，在世间荡了一圈后，老人的心态又回到了婴儿式的无惑无求，所以格外海阔天空。出殡那日，来的人特别多，祖父生前备的孝衣不够，又临时请人做了好些，忙乱中，粗针大线的，又没有进到那样好的纯白麻布，与他备好的衣裳一比，是云和泥的差别。我抚着他留下来的衣襟上那枚精致的苏式盘扣，心里晓得，曾经的一段最美好的时光，已经定格了。

寒夜客來茶當酒黃泥小
爐火初紅從前一樣窗下月
纔有梅花便不同

文琢

ISBN 978-7-5546-1962-9
9 787554 619629 >
定价：88.00 元